Lina Miran

Wenn du mich siehst

LINA

MIRAN

# Wenn du mich

# siehst

*Impressum*

*© 2025 Lina Miran*

*Verlag: BoD · Books on Demand GmbH*

*Überseering 33, 22297 Hamburg*

*bod@bod.de*

*Druck: Libri Plureos GmbH,*

*Friedensallee 273, 22763 Hamburg*

*ISBN: 978-3-8192-4677-7*

*Sag nicht, dass du mich siehst. Wenn du nur stehen bleibst, solange ich leuchte. Denn irgendwann werde ich flackern. Und genau dann will ich wissen, ob du noch da bist.*

# KAPITEL 1

Mia kam mit einem Jahr nach Deutschland. Ein neues Land, eine neue Sprache, ein neuer Anfang – so sagten es die Erwachsenen. Aber für sie hatte es keinen Anfang gegeben. Für sie war alles einfach immer schon da gewesen: der kleine Balkon in der alten Wohnsiedlung, der Geruch von frischer Wäsche, das Lachen am Küchentisch, das Schreien – und das Schweigen danach.

Sie war das mittlere Kind. Zwischen einem älteren Bruder, der immer rauswollte, passiv und abwesend, und einem kleinen, der wild war, laut und voller Energie. Mit dem jüngeren verband sie etwas Echtes. Der ältere war körperlich da, aber innerlich oft weit weg. Ihr Vater trank. Jeden Tag. Unter der Woche waren es meist drei bis sechs Bier – gerade genug, um ruhig zu bleiben, aber nie genug, um wirklich da zu sein. Am Wochenende dagegen wurde es ordentlich. Da leerte er Flaschen, als wolle er etwas auslöschen, das in ihm schrie.

Und wenn er trank, wurde er laut. Jähzornig. Unberechenbar. Seine Wut suchte sich nie einen anderen Weg – sie fand immer nur einen: ihre Mutter.

Egal, ob auf der Arbeit wieder *„nur Idioten"* gewesen waren, ob eins der Kinder zu laut gelacht oder nicht gleich gehorcht hatte, ob sie beim Autofahren falsch abgebogen oder zu spät gebremst hatte. Geblitzt. Schuld.

Ein Brett schief verschraubt. Schuld. Der Deckel vom Marmeladenglas klemmt. Schuld.

Alles, was in ihm brodelte, alles, was sich über Tage und Jahre in ihm gestaut hatte – es entlud sich auf sie. Mit Worten, die wie Schläge wirkten. Und manchmal mit Schlägen, die kamen, wenn die Worte nicht mehr reichten.

Mia hatte Angst. Nicht ständig – aber oft.

Weil sie seine Wutausbrüche kannte. Weil sie gesehen hatte, wie ihre Mutter flüchtete – wie sie mit zitternden Händen die Tür zu Mias Kinderzimmer zuzog, sich darin verschanzte, während draußen jemand tobte, der mal ihr Vater gewesen war.

Je älter Mia wurde, desto weniger half das Verstecken. Und je betrunkener er war, desto mehr verschwammen für ihn die Grenzen.

Dann verwechselte er Gesichter. Dann war Mia plötzlich die Mutter – in der falschen Sekunde, im falschen Licht. Und sie bekam seinen Zorn zu spüren. Nicht immer mit der Hand. Manchmal reichten schon seine Worte. Seine Augen. Dieses Zittern in der Stimme, das kam, bevor es laut wurde. Als Teenager fühlte sie keine Angst mehr. Nur noch Wut. Rohe, zitternde, kalte Wut. Gegen ihn. Gegen das Haus. Am Wochenende kam die Familie zusammen. Dann wurde gelacht, gestritten, gegessen, getrunken. Die Tanten und Onkel brachten Wodka mit und eingelegte Gurken. Es wurde laut. Und wenn es laut wurde, wurde es irgendwann zu laut.

Wenn der Vater der Mutter wieder die Schuld gab – für seine Müdigkeit, für das knappe Geld, für das, was in ihm fehlte. Dann flog manchmal ein Glas. Eine Stimme überschlug sich. Oder eine Hand.

Und Mia lernte, früh zu spüren, wann es kippt. Lachen konnte in Sekunden zu Schreien werden. Ein Wochenende zu einem Minenfeld. Ein Essen zu einer Explosion.

Dann wusste sie: nicht hinsehen. Nicht fragen. Nicht atmen, wenn es nicht nötig ist.

Trotz allem war sie ein freundliches Kind. Vielleicht zu freundlich. Sie hielt an Menschen fest, die längst losgelassen hatten. Freundinnen, die plötzlich andere Freundinnen hatten. Jungs, die mehr versprachen, als sie fühlten. Auch ihre erste große Teenie-Liebe – zerbrach einfach. Nach neun Monaten.

Mit fünfzehn fing sie an zu rauchen. Heimlich, in Gassen. Sie trank auf Partys, lachte laut, redete viel – und wurde gleichzeitig stiller. Eine Anzeige wegen Beihilfe von Diebstahl. Ein Gespräch im Büro des Direktors. Ein Schreiben, das andeutete, dass Mia ihren Abschluss wohl nicht schaffen würde.

Es war ihre Mutter, die es aussprach:

*„Du hast zwei Möglichkeiten. Entweder du ziehst zu deinem Bruder in die Stadt. Oder zu Oma und Opa. Nur dieses eine Jahr. Nur für den Abschluss."*

Sie sagte es ruhig, aber in ihrer Stimme lag etwas Endgültiges. Keine Drohung, keine Strafe – nur ein letzter Versuch.

Mia wusste, dass es aus Liebe kam. Ihre Mutter wollte, dass sie mehr erreicht. dass sie ihren Abschluss macht, damit sie ein anderes Leben führen kann.

*„Wir sind ausgewandert, damit ihr es besser habt"*, hatte sie oft gesagt.

*„Ich will nicht, dass du bei anderen putzen musst. So wie ich."*

Sie hatte gesehen, wie sehr Mia abrutschte. dass das Umfeld sie mehr zog als trug. Und sie wusste, dass sie selbst keinen Einfluss mehr hatte.

Aber sie war immer da gewesen.

Ob Mia wegen ihres Vaters weinte, wegen Freunden, die sie im Stich gelassen oder verletzt hatten – oder wegen der ersten Teenie-Liebe, die mehr weh als gut tat. Auch in der Zeit, als Mia heimlich kotzte, heimlich litt aufgrund ihrer Bulimie – da war ihre Mutter da.

Sie war keine Frau der großen Worte. Aber sie war eine Frau der Taten. Still, wach, spürend. Sie merkte, wenn es ihren Kindern nicht gut ging. Auch wenn sie nichts sagten. Und sie hielt Mia. Immer wieder. Einfach nur, weil sie da war.

Mia entschied sich schnell. Die Stadt war laut. Ihre Großeltern waren still. Und still klang nach Pause. Sie packte. Einen Koffer, keine Erwartungen. Nur einen Wunsch, dass es irgendwo einen Ort gibt, an dem sie nicht ständig das Gefühl hat, fliehen zu müssen.

# KAPITEL 2

Vier Tage vor dem Umzug holte Anna Mia vom Bahnhof ab.

Sie kannten sich schon länger – nicht eng, aber vertraut genug, dass Mia froh war, ein bekanntes Gesicht zu sehen. Anna lebte schon immer in der Stadt, nur vier Gehminuten von Mias zukünftigem Zuhause entfernt. Und sie kannte sich aus. Mit allem.

Sie liefen gemeinsam zur Realschule, in die Mia ab nächster Woche gehen würde. Das Schulgebäude war verschlossen – Herbstferien. Nur der Pausenhof lag offen da, leer und still. Direkt daneben stand die Hauptschule, auf die Anna ging.

In Zukunft würden sie also zusammen zur Schule laufen – und gemeinsam wieder zurück.

Anna zeigte ihr den Weg, redete viel, lachte über kleine Dinge. Sie war direkt, lebendig, ein bisschen laut – das Gegenteil von Mias innerer Unruhe. Aber genau das tat gut.

An diesem Nachmittag fühlte sich alles zum ersten Mal nicht ganz so fremd an.

Auf dem Rückweg begegneten sie zwei Jungs. Einer davon war Ardian – ein Bekannter von Anna. Die beiden umarmten sich zur Begrüßung. Der andere Junge, mit dunkelblondem Haar, stabilen Schultern und auffallend türkisblauen Augen, umarmte Anna ebenfalls – und blieb dann bei Mia stehen.

Er musterte sie. Dann zog er beiläufig eine Kippe aus der Schachtel und reichte sie ihr.

*„Brauchst du?"*

Sein Ton war lässig, aber sein Blick blieb an ihrem Gesicht hängen.

Mia nahm sie, bedankte sich kurz.

Dann trat er einen Schritt näher, kniff die Augen zusammen.

*„Moment mal... bist du's?"*

Sie hob die Augenbrauen.

*„Novak? Mia Novak?"*

Ein Grinsen erschien auf seinen Lippen.

Sie nickte. *„Ja."*

*„Krass. Ich hab dich null erkannt. Du hattest früher doch so hellbraune Haare, oder?"*

Er deutete auf ihr jetzt schwarz gefärbtes Haar.

*„Und braun-grüne Augen hattest du auch damals schon."*

Mia lachte leise. *„Du erinnerst dich echt?"*

„*Klar. Ich hab dich immer Novak genannt. In der Grundschule. weißt du noch?*"

Natürlich wusste sie es.

Er hatte sie nie mit Vornamen angesprochen. Immer nur „*Novak*".

Nie böse. Eher neugierig.

Damals war er nur ein Jahr in ihrer Parallelklasse gewesen.

Dann waren seine Eltern für ein Jahr nach Paraguay gezogen. Danach war er irgendwo anders gelandet. 40 Kilometer entfernt. Vielleicht mehr.

Und jetzt stand er plötzlich hier.

„*Ich bin Noah*", sagte er. „*Also… falls du dich nicht erinnerst.*"

Sie erinnerte sich. Mehr, als sie zugeben wollte.

——

Drei Tage später war Mias Abschiedsfeier.

Nichts Großes – ein paar Freunde, Musik aus einer Box, ein bisschen Mischgetränk in Plastikbechern.

Sie saßen auf Decken im Park, der Boden feucht, die Luft klamm. Anfang November.

Es war kalt, nass, viel zu spät im Jahr für draußen – aber keiner wollte loslassen. Nicht die Wärme, nicht die Menschen. Und Mia schon gar nicht.

Anna war von Anfang an dabei. Sie hatte mit Ardian geschrieben, deshalb wusste Mia, dass auch er kommen würde – und Noah und Max.

Trotzdem war es ein seltsames Gefühl, als sie dann wirklich auftauchten. Drei Jungs, vertraut und fremd zugleich.

Noah kam direkt zu ihr, umarmte sie kurz, fest – und für einen Moment blieb ihre Atmung stehen.

Er roch nach diesem einen Parfum, – dem weißen Lacoste, frisch und warm zugleich.

Sein Hoodie war leicht feucht vom Nebel. Aber er war da. Und er blieb bei ihr stehen.

Er musterte sie kurz, dann zog er sich den Pullover aus.

*„Du zitterst"*, sagte er leise. *„Zieh den an."*

Bevor sie widersprechen konnte, legte er ihn ihr einfach über die Schultern. Sie ließ es zu.

Dann setzten sie sich nebeneinander auf die Decke. Die Musik im Hintergrund, Stimmen, Lachen. Aber zwischen ihnen war es ruhig – locker.

Sie redeten, tranken, lachten.

Noah zeigte ihr ein witziges YouTube-Video auf seinem Handy. Und als sie dasaß, wirklich lachte, laut und frei, nicht aufgesetzt, nicht gebremst – sah er sie einfach nur an.

Und konnte nicht anders.

Er beugte sich vor, küsste sie.

Kurz. Dann nochmal.

Ein bisschen länger, ein bisschen intensiver.

Ein paar Sekunden, die schwer in der Luft lagen.

Dann zog er sich wieder zurück, sah sie an, grinste.

*„Du lachst schön, weißt du das?"*, murmelte er.

Und Mia, halb benommen von dem, was gerade passiert war, grinste zurück.

Sie sagte nichts. Musste sie auch nicht.

Es war nicht viel an diesem Abend.

Aber genug, um sich zu erinnern.

Später, gegen Mitternacht, liefen Mia und ihre beste Freundin Julia gemeinsam nach Hause.

Beide angetrunken, durchgefroren und völlig losgelöst von allem, was sonst so schwer wog.

Der Heimweg war ehrlich und witzig – sie lachten über jeden Blödsinn, redeten über nichts und alles.

Und obwohl der Nebel in ihre Jacken kroch und die Straßenlaternen flackerten, fühlte sich dieser Weg leicht an.

Fast wie ein Versprechen.

Julia übernachtete bei ihr.

Und Mia schlief ein mit dem Gefühl:

Vielleicht würde ja doch alles irgendwie gut.

# KAPITEL 3

Der Himmel war grau, als Mia sich zum letzten Mal in das Bett legte, das sie seit Jahren kannte.

Neben ihr schlief ihre beste Freundin noch, zusammengerollt wie ein Kind.

Sie hatten bis spät geredet, nicht über die wichtigen Dinge – eher über alte Geschichten, Erinnerungen, die sich warm anfühlten, solange man nicht daran dachte, dass sie bald vorbei waren.

Am nächsten Morgen wurde ihre Freundin Julia von ihrer Mutter abgeholt. Mia und Julia umarmten sich noch ganz fest, Julia versprach sie zu besuchen und dass sie sich weiterhin täglich Nachrichten schreiben werden, umarmte Mia noch ganz fest und setze sich dann ins Auto.

In der Küche stand ihre Mutter mit dem Rücken zu ihr, schenkte Kaffee ein.

*„Du hast alles?"*

Mia nickte.

*„Du kannst jederzeit schreiben oder anrufen. Und am Wochenende kommst du heim, wenn du willst."*

Keine große Rede. Kein dramatischer Abschied.

Nur diese Wärme, die zwischen ihnen immer da war –
auch wenn sie nicht viel redeten.

Sie umarmten sich.

Fest. Kurz. Echt.

Dann war er da.

Ihr Vater.

Im Flur.

Schlüssel in der Hand, Jacke über dem Arm.

*„Fertig?"*

Mia antwortete nicht.

Sie nahm ihre Tasche, ging voraus.

Im Auto war es still.

Wie immer, wenn sie mit ihm allein war.

Er fuhr konzentriert, wie jemand, der nicht zu viel
denken wollte.

Sie sagte nichts.

Nicht, weil es nichts zu sagen gab – sondern weil zu viel
zwischen ihnen stand.

Sie sprach kaum noch mit ihm, seit sie begriffen hatte,
wie viel Schuld er trug an der Erschöpfung ihrer Mutter.

An den Dingen, die sie nicht aussprach.

An den Tagen, an denen Mia als Kind versucht hatte, zu übersetzen, was zwischen den Erwachsenen passierte.

Er nahm das hin.

Wie er alles hinnahm.

Ohne Entschuldigung. Ohne Widerspruch.

Als sie im in der Oststadt ankamen, fuhr er den Wagen vor ein älteres Wohnhaus.

Zwei Stockwerke, drei Eingänge, grauer Putz, verblasst.

Hier wohnten ihre Großeltern – seine Eltern – in einer 2,5-Zimmer-Wohnung im zweiten Stock.

Er stieg aus, holte ihren Koffer aus dem Kofferraum.

Trug ihn schweigend zur Tür.

Mia folgte ihm, stumm.

Die Großmutter öffnete, noch bevor sie geklingelt hatten.

*„Na komm rein, mein Kind"*, sagte sie, wie immer mit diesem leisen Lächeln.

Der Großvater stand dahinter, nickte nur – wie immer.

Ihr Vater gab beiden die Hand.

*„Hallo Mama. Hallo Papa."*

Dann stellte er Mias Tasche im Flur ab.

Sah sich kurz um.

Und sah Mia nicht mehr an.

*„Ich fahr dann"*, sagte er.

Anständig.

Aber nicht herzlich.

Mia nickte.

Sag nichts, dachte sie.

Lass es einfach gut sein.

Die Wohnung war klein, schlicht, aufgeräumt.

Das Gästezimmer war eigentlich eine Abstellkammer mit einem alten Bett, einem Regal und einem Fenster zur Hofseite.

Aber es roch nach frisch gewaschener Bettwäsche.

Auf dem Tisch stand ein Glas mit getrockneten Blättern.

Und auf dem Stuhl lag eine gefaltete Decke – in ihrer Lieblingsfarbe. Rot.

Sie setzte sich auf das Bett.

Atmete tief durch.

Nicht vor Erleichterung.

Noch nicht.

Aber es fühlte sich an, als würde es vielleicht gehen.

Vielleicht.

Sie griff zum Handy.

Noah hatte geschrieben:

*„Alles gut, bist du angekommen? Ich denk an dich."*

Sie und Noah hatten sich gestern noch unterhalten und sich für heute verabredet in der neuen Stadt ein wenig draußen zu chillen.

# KAPITEL 4

Manchmal erinnerte sie sich an dieses eine Weihnachten. Nicht wegen der Geschenke. Sondern wegen dem, was sie gesagt hatte.

Sie war elf. Vielleicht zwölf. Alt genug, um zu begreifen. Noch zu jung, um sich davor zu schützen.

Die Wohnung war geschmückt, als wollte ihre Mutter die Realität mit Lametta zudecken. Selbst gebastelte Sterne hingen im Fenster, bunte Lichterketten flimmerten über dem Regal. Der kleine Bruder hatte mit Mia die Kugeln an den Baum gehängt, etwas zu wild vielleicht, aber stolz. Ihre Mutter hatte gelächelt. So wie jedes Jahr – müde, aber voller Hoffnung.

Ihr älterer Bruder saß in seinem Zimmer, Kopfhörer auf den Ohren, Techno in Endlosschleife. Er spielte am Computer, als gäbe es draußen keine Familie. Er kam nur raus, als das Essen fertig war. Setzte sich dazu, aß schweigend, ging wieder. Damals hatte Mia das nicht verstanden. Heute schon. Wahrscheinlich war das seine Art, zu flüchten.

Wegzusehen.

Und dann kam der Vater. Mit einem Lächeln, das nicht passte. Mit Geschenken in den Händen, sorgfältig eingepackt. Ein Lastwagen für den Kleinen. Ein Buch für Mia.

„Na? Hab ich euch was Schönes mitgebracht", sagte er. Fast fröhlich. Als wäre nichts gewesen. Der kleine Bruder strahlte, riss das Geschenkpapier auf, jauchzte. Die Mutter saß daneben, zu still, zu aufrecht. Und Mia? Sie rührte das Geschenk nicht an.

„Ich will keine Geschenke", sagte sie. Ihre Stimme war ruhig. Aber in der Stille, die darauf folgte, zitterte etwas. „Ich will, dass du aufhörst, Mama weh zu tun."

Ihr Vater sah sie an. Das Lächeln fiel von seinem Gesicht wie abgeplatzter Lack. Er sagte nichts. Stellte die Geschenke auf den Tisch. Drehte sich um. Ging.

In der Nacht hörte Mia ihre Mutter weinen. Nicht laut.Nur ganz leise, hinter der geschlossenen Tür. Aber Mia hörte es trotzdem.

Und sie wusste, dass es wieder so enden würde. Wie jedes Mal.

Manchmal fragte sie sich, wie viel von diesem Mädchen in ihr geblieben war.

# KAPITEL 5

Mia stand vor dem Spiegel im Gästezimmer, die Hände in den Ärmeln des dunkelblauen Reißverschlusspullovers, den Noah ihr am Abend zuvor gegeben hatte.

Er war weich, ein bisschen ausgewaschen, mit Kapuze – und viel zu groß.

Die Bündchen reichten fast bis zu ihren Fingerspitzen.

Sie zog den Reißverschluss bis zum Kinn und schloss für einen Moment die Augen.

Er hatte bemerkt, dass ihr kalt war.

Ohne großen Kommentar hatte er den Pulli ausgezogen, ihn ihr über die Schultern gelegt.

*„Zieh an, Novak. Ich will dich nicht zittern sehen."*

Seine Stimme war sanft gewesen, ohne Ironie. Einfach… warm.

Sie hatte ihn angesehen, überrascht.

Dann gelächelt.

Und er hatte einfach weitergetrunken, als wäre es nichts.

Wodka Bull.

Sie hatte das bitter-süße Brennen im Hals gespürt, das vertraute Kribbeln in den Gliedern.

Sie waren locker geworden, sie hatten gelacht – laut, ehrlich.

Er hatte ihr ein YouTube-Video gezeigt, irgendeinen Clip mit einem völlig absurden Prank, bei dem sie Tränen lachte.

Und als sie so nah bei ihm saß, den halben Blick aufs Handy, halb auf ihn, war es passiert.

Er hatte sie angeschaut.

Nicht zufällig. Nicht flüchtig.

Sondern als würde er gerade merken, wie schön ihr Lachen war.

Und dann – ganz ruhig, ohne große Geste –

hatte er sie zu sich gezogen

und sie geküsst.

Nicht stürmisch. Nicht zögerlich.

Einfach genau richtig.

Jetzt – ein Tag später – fühlte sie diesen Kuss immer noch.

Nicht auf den Lippen.

Sondern unter der Haut.

Und sie trug seinen Pullover.

Nicht, weil es kalt war.

Sondern weil sie ihn nicht loslassen wollte.

Mia griff zum Handy und öffnete die Nachricht.

Noah:

*„Alles gut, bist du angekommen? Ich denk an dich."*

Sie sah den Text einen Moment lang an, bevor sie tippte:

Mia:

*„Alles gut soweit. Trink noch einen Tee mit meinen Großeltern und mach mich dann auf den Weg."*

Der Tee dampfte noch auf dem Küchentisch, neben einem Teller mit Butterkeksen.

Ihr Opa las die Zeitung, die Brille auf der Nasenspitze.

Ihre Oma schob ihr den Zucker rüber, wortlos, aber aufmerksam.

Es war diese Art von Ruhe, die Mia noch nicht ganz greifen konnte – aber die ihr gerade guttat.

Der nächste Ping kam, kaum eine Minute später.

Noah:

*„Wir chillen in so 'ner Gasse in der Stadtmitte – du kennst dich ja eh noch nicht aus, oder? Ich hol dich mit meinem Kollegen an der Tanke bei dir. 15 Minuten?"*

Sie lächelte.

Wir chillen in so 'ner Gasse – typisch Noah.

Locker, beiläufig. Und trotzdem irgendwie genau richtig.

Mia:

*„Passt. Ich warte an der Tanke."*

Sie stellte die Tasse ab, spülte sie aus reiner Gewohnheit, warf ihrer Oma ein leises *„Ich geh jetzt los"* zu.

*„Ist gut, Kind. Zieh dich warm an"*, kam es zurück, während der Opa nicht einmal aufsah – aber kurz nickte.

# KAPITEL 6

Der Regen war feiner geworden, aber er hörte nicht auf.

Mia stand an der Tankstelle, direkt unter freiem Himmel.

Der Wind trieb kalte Tropfen auf ihre Wangen, und ihre Ärmel waren längst feucht.

Die grellen Lichter der Zapfsäulen spiegelten sich auf dem nassen Asphalt.

Sie hätte sich unterstellen können.

Gleich nebenan war ein kleiner Dachvorsprung.

Aber irgendetwas in ihr wollte nicht geschützt stehen.

Sie wollte fühlen, dass sie da war.

In der neuen Stadt. Im Regen. In diesem Moment.

Dann kam das Auto.

Ein dunkler Kleinwagen bog ein, viel zu schnell für die schmale Straße.

Er bremste hart, der Scheibenwischer quietschte im Takt.

Die Beifahrertür ging auf, und Noahs Stimme war das Erste, was sie hörte.

*„Novak! Warum zur Hölle stehst du hier im Regen und nicht da unter'm Dach wie normale Menschen?"*

Er grinste sie an, das Licht der Tanke spiegelte sich auf seinem Gesicht.

Sarkastisch, klar.

Aber seine Augen waren nicht spöttisch.

Nur… wachsam.

Mia zuckte mit den Schultern.

*„Ich dachte, du bringst Sonne mit."*

Noah lachte. Kurz. Ehrlich.

Dann öffnete er die Tür ganz.

*„Steig ein, bevor du Moos ansetzt."*

Sie setzte sich wortlos auf die Rückbank.

Der Stoff ihrer Hose klebte leicht am Sitz, und sie spürte, wie die Wärme im Auto sich langsam an ihre Haut tastete.

Max drehte sich im Fahrersitz halb zu ihr um, grinste.

*„Hey. Alles klar?"*

Mia nickte nur.

*„Geht so."*

Noah reichte ihr wortlos eine kleine Chipstüte nach hinten.

*„Ich hab Snacks. Ist wissenschaftlich bewiesen, dass salzig gegen Weltschmerz hilft."*

*„Dann wird's wohl ein guter Abend"*, murmelte sie.

Aber sie lächelte.

Und Noah sah das.

Und sagte nichts mehr.

Nur sein Blick blieb ein bisschen länger auf ihr liegen, als nötig gewesen wäre.

Die Gasse lag versteckt zwischen zwei Backsteinfassaden, die Wände mit halb verblassten Graffiti besprüht, der Boden uneben.

Dönerbude links, zwei Klappstühle davor – Adrian und Anna, eng beieinander, ein Handy zwischen sich, Rap auf einem geteilten Kopfhörer.

Der Beat war dumpf, langsam, ehrlich. Texte mit zu viel Wahrheit und zu wenig Hoffnung.

Genau ihr Ding.

Als Mia, Noah und Max um die Ecke bogen, sah Anna sofort auf.

Sie zog den Kopfhörer raus, ihr Blick wurde weich.

*„Da seid ihr ja endlich."*

Mia lächelte, löste sich einen Schritt von Noah, ging auf Anna zu.

Sie umarmte sie fest, ohne ein Wort – da war keine Unsicherheit, kein Zögern.

Nur Wärme.

Nur Zuhause.

*„Gut, dass du da bist"*, sagte Anna leise.

*„Hab schon auf dich gewartet."*

*„Ich weiß"*, murmelte Mia.

Und sie wusste, dass es stimmte.

Adrian stand auf, der Kopfhörer baumelte lose um seinen Hals.

*„Ey, Novak. Was geht. Gib mal eine richtige Begrüßung!"*

Mia lachte leise und umarmte ihn ebenfalls.

Kurz, aber echt.

Max blieb einen Schritt zurück, grinste und hob die Hand zum High-Five.

*„Yo, Mia. Willkommen im Chaos."*

*„Danke"*, sagte sie und schlug ein.

*„Fühlt sich schon vertraut an."*

Mia ließ sich auf den freien Klappstuhl neben Anna fallen, streifte die Kapuze ihres Pullovers ab und fuhr sich durch die noch leicht feuchten Haare.

Noahs Pulli.

Er stand neben ihr, lehnte an der Mauer, die Hände in den Taschen, der Blick halb auf ihr, halb irgendwo ins Leere.

Sie zog leicht am Reißverschluss, als würde sie ihn gleich ausziehen.

*„Übrigens…"*, sagte sie und sah zu ihm hoch.

*„Dein Pulli. Ich wollt ihn dir eigentlich zurückgeben."*

Noah blinzelte gegen das Licht der Dönerbude, sah sie dann direkt an.

*„Behalt ihn"*, sagte er.

*„Steht dir besser als mir. Und…"* – er zuckte mit den Schultern, fast beiläufig –

*„…vielleicht denkst du dann manchmal an mich, wenn dir kalt ist."*

Er grinste leicht, drehte sich aber dabei ein Stück weg, als wäre es ihm selbst fast zu viel.

Mia schaute ihn an, sagte nichts.

Aber sie zog den Reißverschluss langsam wieder zu.

Ganz. Bis unters Kinn.

Und das war Antwort genug.

Nach einer Weile standen sie beide auf.

Ohne Absprache.

Einfach so, als wäre es logisch.

*„Wir sind kurz 'ne rauchen",* sagte Noah beiläufig in die Runde.

Niemand kommentierte es.

Nur Anna warf Mia einen kurzen, vielsagenden Blick zu — ein kleines Lächeln, das sagte: Geh ruhig.

Sie bogen um die Ecke der Gasse, standen hinter der Dönerbude, wo die Lichter schwächer waren.

Die Hauswand war rau, feucht vom Regen, der inzwischen nur noch als Niesel in der Luft hing.

Noah zündete sich eine Zigarette an, bot ihr eine an.

Sie nahm sie, seine Hand streifte kurz ihre.

Nur für den Bruchteil einer Sekunde. Aber sie spürte es.

Ein paar Züge lang sagten sie nichts.

Dann:

*„Alles gut bei dir?",* fragte er.

*„Du bist irgendwie... nicht wie gestern Abend."*

Sie sah ihn an, erschrak kurz darüber, wie gut er das bemerkte.

Dann wandte sie den Blick wieder ab, blies den Rauch langsam zur Seite.

*„Doch. Alles gut"*, sagte sie ruhig.

*„Ich dachte nur…"* – sie hielt kurz inne – *„…dass wir heute vielleicht allein wären. Irgendwie hatte ich das so verstanden."*

Noah nickte langsam.

*„Okay. Hätt ich vielleicht klarer sagen sollen. Adrian hat gefragt, ob er mitkommen darf, und Anna meinte, du freust dich, wenn sie auch da ist…"*

Er sah sie an, vorsichtig.

*„War nicht gegen dich. Nur… wie's halt so läuft."*

Mia lächelte schwach.

*„Ich weiß. Es ist auch nicht schlimm. Nur… neu. Ich brauch bei sowas immer ein bisschen Zeit. Am Anfang bin ich meistens eher schüchtern."*

Noah schnaubte leise.

Nicht spöttisch. Eher… überrascht.

*„Schüchtern, hm? Du? Die, die mich gestern einfach so geküsst hat?"*

Sie sah ihn jetzt wieder an.

*„Du hast mich geküsst."*

*„Stimmt"*, sagte er, und grinste.

*„War wahrscheinlich mein Highlight des Monats."*

30

Sie schüttelte den Kopf, aber sie lachte.

Leise, echt.

Und zum ersten Mal an diesem Tag fühlte sich alles ein kleines bisschen leichter an.

Sie standen noch eine Weile nebeneinander, sprachen nicht mehr viel.

Der Rauch verflüchtigte sich in der feuchten Luft, und zwischen ihnen war nichts als Stille – aber keine, die weh tat.

Sondern eine, die blieb.

Als sie zurück zur Gruppe gingen, streifte seine Hand kurz ihre. Nur leicht.

Aber bewusst.

# KAPITEL 7

Der Flur war zu lang, zu hell, zu laut.

Mia stand etwas abseits, neben einem vergilbten Aushang, und versuchte, nicht zu wirken, wie sie sich fühlte:

Verloren.

Aber nicht schwach.

Nur... fremd.

Der Kapuzenpulli, den Noah ihr am Abend zuvor gegeben hatte, lag gefaltet auf dem Stuhl in ihrem Zimmer bei den Großeltern.

Sie hatte ihn kurz angesehen, bevor sie zur Schule ging.

Einmal in die Hand genommen, dann bewusst liegen gelassen.

Weil sie nicht wusste, was er gerade bedeutete.

Oder was Noah bedeutete.

Oder ob es überhaupt schon *„etwas"* war.

Die Klasse war schon halb voll, als sie den Raum betrat.

Ein paar Blicke.

Ein paar neugierige.

Niemand lächelte.

Die Lehrerin stellte sie vorne vor:

*„Das ist Mia Novak. Sie ist für dieses Schuljahr neu bei uns – ich hoffe, ihr nehmt sie gut auf."*

Ein *„Hi"* von irgendwo hinten.

Dann Stühle, Hefte, Stille.

Mia nahm einen Platz am Fenster.

Dritte Reihe.

Ein Ort zum Beobachten.

Noah war nicht da.

Er ging auf die Schule in der Nachbarstadt.

Sie wusste das.

Aber trotzdem hatte ein Teil von ihr kurz erwartet, ihn zu sehen – im Flur, auf dem Hof, irgendwo.

Nur damit das Gefühl von gestern ein bisschen realer blieb.

Jetzt war da nur dieses leere Gefühl.

Nicht traurig.

Aber leise.

Sie blickte hinaus, sah ein Fahrrad im Regen stehen.

Der Himmel war grau.

Und in ihrem Kopf klang noch immer die letzte Zigarette von gestern nach.

Und das, was er gesagt hatte:

*„Vielleicht denkst du dann manchmal an mich, wenn dir kalt ist."*

Sie hatte den Pulli nicht gebraucht.

Aber vielleicht…

ein bisschen ihn.

Die letzte Stunde zog sich wie Kaugummi.

Mia hörte kaum noch zu, schrieb nur aus Reflex mit.

Irgendwann war alles ein Rauschen – Kreide, Stimmen, Schulgeruch.

Als es endlich klingelte, wartete sie kurz, bis der Strom sich gelichtet hatte, dann verließ sie das Klassenzimmer.

Draußen, auf dem Hof, stand Anna – die langen, hell blondierten Haare leicht zerzaust vom Wind, die Hände in den Jackentaschen.

Als sie Mia sah, hellte sich ihr Blick sofort auf.

Sie kam ihr entgegen – ruhig, aber mit diesem typischen Anna-Lächeln, das gleichzeitig frech und herzlich war.

*„Hey"*, sagte sie.

„Wie war's? Geht's dir okay?"

Mia zuckte mit den Schultern.

„Schon. War halt... Schule. Neue Leute. Neue Welt."

Anna nickte.

„Ich hab mir gedacht, dass du nicht gleich in Standing Ovations badest."

Ein paar Schritte gingen sie schweigend nebeneinander her.

Dann schubste Anna sie leicht mit der Schulter.

„Aber du hast's geschafft. Erste Hürde: überlebt."

Mia grinste.

„Fast bin ich vor der Tür wieder umgedreht."

„Hätt ich dich wieder reingeschubst."

Ein paar Meter weiter, als sie die Hauptstraße überquerten, kam Anna dann mit diesem Seitenblick, den Mia schon kannte.

„Und? Herr Hoodie?"

Mia lachte leise.

„Was ist mit ihm?"

„Erzähl. Ich hab nicht geschlafen, weil ich wissen wollte, ob ihr euch geküsst habt."

Mia schob die Hände tiefer in die Jackentaschen.

*„Haben wir. Und dann hat er mir seinen Pulli gegeben. Aber... ich weiß nicht, was es ist. Noch nicht."*

Anna nickte, zog die Stirn leicht kraus.

*„Du magst ihn?"*

*„Ja. Also... irgendwas ist da. Aber ich will nichts überstürzen. Ich will einfach schauen, was passiert. Offen sein."*

*„Das klingt ziemlich erwachsen. Und gleichzeitig voll süß."*

Mia schmunzelte.

*„Und du? Schon irgendwas Neues mit Adrian?"*

Anna verzog das Gesicht.

*„Pff. Der ist so dumm süß, das ist fast gemein. Heute hat er mir den Kopfhörer mit seiner Gabelhand eingedreht. weißt du, wie sanft der sein kann? Und dann tut er wieder so, als wär ich einfach nur Anna aus der Ecke."*

*„Vielleicht checkt er einfach nicht, dass du mehr willst als nur Freundschaft"*, sagte Mia leise.

Anna zuckte mit den Schultern. *„Oder er checkt's schon – aber tut so, als wär da nur Musik."* Sie lächelte schief. *„Vielleicht sollte ich einfach mal andere Songs mit ihm teilen. Statt Rap – vielleicht mal ein Rap, wo's um Liebe geht"*, sagte sie lachend.

Mia grinste. *„Vielleicht genau das Richtige."*

Und Mia wusste: Es würde vielleicht nicht leicht werden – aber mit dieser Art von Mensch an ihrer Seite konnte der Neuanfang sich nach etwas Gutem anfühlen.

# KAPITEL 8

Das Abendessen bei den Großeltern war wie immer – einfach, aber perfekt.

Oma konnte kochen.

Nicht modern, nicht besonders kreativ.

Aber so, dass es nach etwas Echtem schmeckte.

Kartoffeln, Gemüse, Soße – alles so, wie es sein sollte.

Mia fühlte sich satt, ruhig, fast ein bisschen durchgeatmet.

Doch in ihrem Kopf war es nicht still.

Nicht wirklich.

Der Schultag hatte sie müde gemacht – nicht körperlich, sondern innerlich.

Zu viele neue Gesichter, zu viele unausgesprochene Erwartungen.

Und mittendrin: sie.

Noah hatte sich den ganzen Tag nicht gemeldet.

Und sie hatte sich fest vorgenommen, nicht darauf zu warten.

Natürlich tat sie es trotzdem.

Es war spät, als sie endlich auf dem Schlafsofa lag –

Haare noch leicht feucht, Lieblingsshirt an, Decke bis zum Kinn.

Sie hatte das Licht gedimmt, wollte eigentlich einfach nur noch wegdösen.

Da vibrierte ihr Handy neben ihr.

Noah:

*„Na, überlebt? Oder sind schon alle tot und du musst zur nächsten Schule weiterziehen?"*

Ein Grinsen huschte über ihr Gesicht.

Typisch Noah.

Spitz, aber weich im Kern.

Mia:

*„Nur drei Tote. Aber ich hab sie gut versteckt. Morgen geht's weiter."*

Noah:

*„Ich hoffe, du hast wenigstens nicht im Mathe-Unterricht gemordet. Da wärst du raus aus meiner Liga."*

Mia:

*„Deines Glückes war es Englisch."*

Noah:

*„Okay. Dann sag ich's offiziell: Ich bin stolz auf dich."*

Mia:

*„Wirklich?"*

Noah:

*„Wirklich. Wär sogar noch stolzer, wenn du meinen Pulli getragen hättest."*

Sie sah zur Sofalehne.

Dort lag er.

Zusammengelegt, ordentlich, weich.

Sie hatte ihn heute nicht angezogen.

Weil sie Angst gehabt hatte, dass es sich zu… nah anfühlt.

Zu sehr wie mehr.

Mia:

*„Ich dachte, ich konzentrier mich dann nicht mehr auf den Unterricht."*

Noah:

*„Und? Hat's geholfen?"*

Sie griff nach dem Pulli, legte ihn sich über die Schultern, zog die Kapuze über den Kopf.

Atmete ein.

Und dann schrieb sie:

Mia:

*„Nein. Gar nicht."*

Eine kurze Pause.

Dann kam die letzte Nachricht des Abends.

Noah:

*„Schlaf gut, Novak. Ich hoff, der Rest der Woche wird leichter. Und wenn nicht – du weißt, wo du meckern darfst."*

Mia hielt das Handy noch eine Weile in der Hand.

Der Bildschirm leuchtete schwach in der Dunkelheit.

Sie antwortete nicht mehr.

Nicht, weil sie nichts zu sagen hatte.

Sondern weil es genau so gut war.

Sie legte das Handy zur Seite, zog Noahs Pulli enger an sich.

Und zum ersten Mal seit langem

fühlte sich *„allein sein"* nicht wie Einsamkeit an.

# KAPITEL 9

Drei Tage waren vergangen.

Drei Tage Schule, Hausaufgaben, gleichförmige Gespräche beim Abendessen.

Oma hatte gekocht wie immer – perfekt.

Opa hatte genickt, wie immer – schweigend.

Und Mia hatte funktioniert.

Aber irgendwas hatte gefehlt.

Nicht laut.

Nur leise.

Noah hatte sich nicht gemeldet.

Nicht, dass sie sich ein Versprechen gewünscht hatte.

Aber sie hatte gehofft.

Und gehofft fühlt sich immer schlimmer an, wenn es leise bleibt.

Es war Donnerstagabend, kurz nach acht.

Mia lag auf dem Schlafsofa, Haare im Dutt, in ihrer gemütlichsten Jogginghose.

Der Tag war an ihr vorbeigezogen, ohne viel zu hinterlassen.

Dann vibrierte das Handy.

Ein YouTube-Link.

Absender: Noah.

Sie klickte drauf.

Ein Track, den sie nicht kannte: "Perfect" von Carl Henry.

Langsamer Beat, warme Stimme, sanfte Vibes.

Und dann diese Stelle:

"Perfect walk, perfect style

Girl u got a perfect smile

Body's tight, perfect frame

? Dat shyt from across da way

Conversate, stimulate

Baby we can make or break"

Mia lag da, Kopfhörer in den Ohren, den Blick zur Decke.

Der Song fühlte sich an wie ein warmer Blick.

Wie ein Lächeln, das man durch's Handy spürt.

Noch während der letzten Zeile kam eine Nachricht.

Noah:

*„Hab den Song eben gehört und musste an dich denken."*

Mia lächelte, sah kurz auf den Bildschirm, dann zurück zur Decke.

Sie ließ sich Zeit mit ihrer Antwort.

Nicht, weil sie zögerte – sondern weil sie sie genießen wollte.

Dann tippte sie:

Mia:

*„Der Song ist nice. Bin geschmeichelt.*

*Und wow – du kannst ja auch ein wenig romantisch sein.*

*Wer hätte das gedacht."*

Ein paar Sekunden lang nichts.

Dann:

Noah:

*„Erzähl das nicht weiter. Ich hab nen Ruf zu verlieren."*

Mia:

*„Keine Sorge. Das bleibt zwischen dir, mir und Carl Henry."*

Noah:

*„Wenn du mich jetzt noch googlest, bist du offiziell süchtig."*

Sie grinste.

Nicht übertrieben.

Aber so, wie man grinst, wenn da gerade jemand schreibt, den man plötzlich spüren kann, obwohl er nicht da ist.

Und in dieser Nacht schlief sie mit einem Ohrwurm ein.

Und einem Gedanken, der sich gut anfühlte.

# KAPITEL 10

Es war Freitagnachmittag, als Mia die Nachricht bekam.

Noah:

*„Hab morgen vor, mir 'ne Jacke zu gönnen. Bock, mitzukommen und mir beim Entscheidungsstress zuzusehen?"*

Sie las die Nachricht zweimal.

Weil sie einfach klang – aber nicht egal war.

Nicht für sie.

Mia:

*„Kommt drauf an, ob ich kommentieren darf."*

Noah:

*„Erwarte deinen brutal ehrlichen Fashion-Rat."*

Mia:

*„Dann bin ich dabei."*

Und nur wenige Worte später fühlte sich das Wochenende weniger leer an.

Nicht spektakulär.

Aber genau richtig.

———

Mia war früh da.

Viel zu früh.

Sie stand am Busbahnhof, die Hände tief in den Jackentaschen, das Herz ein kleines bisschen zu laut.

Der Wind spielte mit ihren Haaren, und obwohl sie versuchte, ruhig zu atmen, fühlte es sich an, als wäre in ihr alles wach.

Das erste Mal nur sie und Noah.

Keine Freunde, kein Hintergrundgeräusch.

Einfach sie – und er.

Als der Bus einfuhr, spürte sie, wie ihre Finger kälter wurden.

Nicht vom Wetter.

Vor Aufregung.

Noah stieg aus, die Kapuze locker im Nacken, das Shirt unter der offenen Jacke leicht zerknittert.

Er sah sie sofort, ging direkt auf sie zu –

sein Lächeln locker, sein Blick warm.

*„Hey, Novak."*

Er umarmte sie kurz, aber fest.

Nicht zögerlich.

Einfach genau richtig.

*„Bereit für mein großes Jackendrama?"*

*„Absolut"*, sagte sie – und merkte, wie ihre Stimme viel ruhiger klang, als sie sich fühlte.

Sie liefen los, durch die belebten Straßen der Innenstadt.

Noah fragte, wie ihre Woche war – sie erzählte von ihrer Klasse, vom Englischlehrer, der immer zu laut redete, und dass sie sich noch nicht ganz angekommen fühlte.

*„Wird noch"*, sagte er. *„Gib der Sache Zeit. Du bist stärker, als du denkst."*

Sie fragte ihn zurück.

*„Und du? Alles okay bei dir?"*

Er zuckte leicht mit den Schultern.

*„Läuft. Ich hab's bis Samstag geschafft – das zählt, oder?"*

Ein schiefes Grinsen, mehr ließ er nicht durchblicken.

Typisch Noah.

Und manchmal, während sie liefen, streifte seine Hand ihre.

Ganz zufällig.

Und doch irgendwie nicht.

Einmal fasste er sie leicht an der Schulter, als sie einem eiligen Radfahrer ausweichen musste.

Später legte er ihr kurz die Hand auf den Rücken, als sie durch eine enge Ladenpassage gingen.

Nichts war aufdringlich.

Aber alles fühlte sich an wie Nähe.

Im dritten Laden blieb er vor einem Spiegel stehen.

Zwei Jacken.

Eine schwarz, eine dunkelblau.

*„Ich schwör, ich steh seit 'ner Stunde zwischen den beiden. Was meinst du?"*

Die Verkäuferin, kaum älter als sie, warf einen Blick auf Noah.

*„Die schwarze ist klassischer. Nehmen Sie die."*

Noah sah zu Mia.

*„Und du?"*

Sie trat einen Schritt näher, sah ihn an.

Dann schüttelte sie langsam den Kopf.

*„Die blaue.*

Deine Augen kommen damit besser raus.

In der schwarzen siehst du… irgendwie müde aus. Blasser.

Die blaue passt zu dir. Ehrlich."

Er sah sie einen Moment lang an –

als hätte sie mehr gesagt, als sie ausgesprochen hatte.

Dann grinste er.

*„Blaue Jacke it is."*

Sie verließen den Laden mit der blauen Jacke in einer Tüte und dem Rest des Tages im Bauch.

Die Straßen wurden ruhiger, die Lichter weicher.

Kein Ziel mehr – nur noch der Weg zurück.

Sie liefen nebeneinander, Schultern fast berührend, ihre Schritte fast im gleichen Takt.

Lange sagte keiner von beiden etwas.

Es war nicht unangenehm.

Nur still – auf eine Art, die sich fast wie Vertrauen anfühlte.

*„Darf ich was Persönliches fragen?"* sagte Noah schließlich, ohne sie direkt anzusehen.

Mia nickte, leicht überrascht.

*„Klar."*

„*Warum machst du deinen Abschluss hier? Bei deinen Großeltern?*"

Sie war kurz still.

Dann antwortete sie leise, ohne ihn anzusehen:

„*Ich hatte keine Wahl.*"

Er sah sie jetzt doch an, aber sagte nichts.

Nur Zuhören.

„*In der alten Schule lief's total schief. Falscher Freundeskreis, Partys, Stress. Ich hab kaum noch was auf die Reihe gekriegt. Die Noten waren katastrophal, die Schule hat Alarm geschlagen, und meine Eltern... die sind einfach nicht mehr zu mir durchgekommen. Typisch Teenie halt. Nur ein bisschen zu tief drin.*"

Sie trat gegen einen losen Stein auf dem Gehweg, sah ihm hinterher, als würde er ihre Worte mitnehmen.

„*Dann haben sie gesagt: Du musst weg. Entweder zu meinem Bruder oder hierher. Und ich...*

Ich hab nicht gewählt, weil ich was besser machen wollte.

Ich bin einfach gegangen, weil's nicht mehr ging.*"

Noah schwieg lange.

Aber nicht, weil ihm nichts einfiel.

Sondern weil er verstand, dass man manche Geschichten nicht kommentieren sollte – nur halten.

*„Und jetzt?"* fragte er schließlich.

Mia zuckte mit den Schultern.

*„Jetzt versuch ich, da rauszukommen. Aus dem, was vorher war. Auch wenn ich nicht genau weiß, wie das geht."*

Noah nickte.

Dann streifte seine Hand wieder ihre – diesmal ganz bewusst.

Nicht fest.

Nicht lang.

Nur da.

*„Manchmal reicht's, wenn man überhaupt versucht"*, sagte er.

Sie sah ihn an –

und für einen Moment war da nichts zwischen ihnen außer diesem stillen Gefühl:

Ich seh dich. Ohne dass du alles sagen musst.

Am Busbahnhof war es ruhiger geworden.

Die Schaufenster spiegelten das letzte Licht des Tages, der Wind strich kühl durch die leeren Haltestellen.

Die Anzeige flackerte, dann erschien Noahs Linie.

Er stand neben Mia, die Hände in den Jackentaschen.

Nicht nah genug, um aufdringlich zu wirken.

Aber nah genug, dass sie ihn spürte.

Sie hatte viel gesagt heute.

Mehr, als sie geplant hatte.

Und er – er hatte einfach da gewesen.

*„Danke, dass du mitgekommen bist"*, sagte er leise.

Mia sah ihn an.

*„Ich fand's schön."*

Ein Moment Stille.

Dann hob er leicht die Hand, als hätte er überlegt, ob er sie nochmal berühren soll – tat es aber nicht.

Nur ein kleiner, fast schüchterner Gruß.

*„Wir schreiben, ja?"*

Seine Stimme war weich.

*„Ja"*, sagte Mia.

Er stieg in den Bus.

Sie blieb stehen, sah ihm hinterher.

Er drehte sich nicht um – aber sie wusste, dass er trotzdem an sie dachte.

Der Bus fuhr ab.

Und Mia stand noch einen Moment da.

Allein – aber nicht mehr wie vorher.

Denn da war jetzt jemand,

der gesehen hatte,

was sonst keiner sah.

# KAPITEL 11

Die Nachrichten kamen täglich.

Nie zu viel.

Nie zu aufdringlich.

Aber da.

Konstant.

Und genau richtig.

Noah schrieb ihr nicht seitenlang.

Aber er schickte Musik.

Immer wieder.

Alte R&B-Songs, 2000er Hip-Hop, Tracks, die nach Sonnenuntergang klangen oder nach Nächten, in denen man nicht schlafen will.

Manchmal schrieb er nur: *„Fühl den."*

Oder: *„Das wär der Soundtrack zu dir, wenn du durch die Stadt läufst."*

Und Mia hörte sie alle.

Mit Kopfhörern, auf dem Heimweg, im Bett, manchmal dreimal hintereinander.

Weil sie zwischen den Zeilen spürte:

Er dachte an sie.

Am Dienstag trafen sie sich wieder.

Nur sie zwei.

Einfach so.

Es fühlte sich nicht mehr fremd an.

Nicht wie ein Anfang.

Mehr wie ein Weitergehen.

Sie standen in der Gasse.

Die gleiche wie beim letzten Mal.

Zwischen Graffiti, Restmüll und dieser seltsamen Ruhe, die nur bestimmte Ecken haben.

Noah zündete sich eine Zigarette an, reichte Mia eine mit einem kleinen Nicken.

*„Same spot, same vibe"*, murmelte er.

Dann: Musik.

Aus seinem Handy, leise, melancholisch.

Ein Track, den sie beide mochten.

Kein Text, nur dieser tiefe Beat, der sich anfühlte wie Puls.

Mia stand seitlich zu ihm, stieß Rauch in die Luft, sah kurz hoch –

und lächelte.

Dieses Lächeln.

Es war kein aufgesetztes, kein vorsichtiges.

Es war weich.

Echt.

Und es traf Noah mit einer plötzlichen Klarheit, die sich nicht mehr weglächeln ließ.

Er trat einen halben Schritt näher, sah sie an, ohne ein Wort zu sagen.

Dann legte er ihr die Hand an die Taille, zog sie ganz ruhig an sich.

Und küsste sie.

Nicht flüchtig.

Nicht hektisch.

Einfach richtig.

Als sie sich wieder ansahen, sagte er mit diesem Tonfall, der gleichzeitig sicher und weich war:

*„Du bist jetzt meine Freundin. Nur damit das klar ist."*

Keine Frage.

Keine Unsicherheit.

Nur dieses stille Gefühl, dass sie längst auf dem Weg dorthin waren.

Und Mia?

Sie sah ihn an.

Lächelte wieder.

Und nickte.

Weil es sich genauso richtig anfühlte wie dieser Kuss.

Und weil sie spürte:

Sie war angekommen.

Nicht irgendwo –

sondern bei jemandem.

# KAPITEL 12

Der Bus war fast leer. Mia saß in der zweiten Reihe, starrte aus dem Fenster, während Tropfen über das Glas rannen. Ihr Herz pochte schneller, als sie den Halteknopf drückte.

Waldhorn.

Sie stieg aus, trat in den Nieselregen. Die Straße glänzte, Licht spiegelte sich auf dem Asphalt.

Dann sah sie ihn.

Noah lehnte an der Bushaltestelle, Kapuze tief ins Gesicht gezogen, ein leichtes Lächeln auf den Lippen. Er streckte ihr die Hand entgegen, ganz selbstverständlich.

Sie trat näher. Er beugte sich zu ihr. Kein Wort – nur ein sanfter Kuss auf ihre Wange. Dann seine Stimme, leise, warm: *„Komm. Wir müssen noch in den Kindergarten."*

*„Wieso das?"*, fragte sie überrascht, während sie losgingen.

*„Meinen kleinen Bruder holen."*

Mia runzelte die Stirn. *„Wie alt ist er nochmal?"*

*„Vier"*, sagte Noah. *„Also... fast fünf."*

Sie sah ihn an. *„Krass. Und deine Schwester ist fünfzehn, oder?"*

„*Mhm.*" Er zuckte mit den Schultern. „*Großer Abstand, ich weiß.*"

„*Mehr als groß*", murmelte Mia. „*Fast ein zweites Leben.*"

Noah grinste. „*Er kam halt spät. Überraschungspaket.*"

Der Kindergarten lag nur ein paar Minuten entfernt. Als sie durch das Tor gingen, liefen Kinder in gelben Regenjacken über den Hof, schrien, lachten. Noah drückte auf die Klingel, dann kam ein kleiner Junge mit zerzaustem Haar und einem zu großen Rucksack angelaufen.

„*Noah!*", rief er und warf sich ihm um die Beine.

„*Hey, Kleiner*", sagte Noah, hob ihn hoch. „*Das ist Mia.*"

Der Junge sah sie mit großen Augen an. „*Bist du seine Freundin?*"

Mia stockte kurz. Noah lachte leise.

„*Sie ist ein Mädchen. Und eine Freundin*", sagte er ausweichend.

Der Kleine nickte ernst. „*Ich mag Mädchen.*"

Sie mussten beide grinsen.

Auf dem Heimweg sprang der Junge durch Pfützen, hielt abwechselnd Noahs und Mias Hand. Als sie das Gartentor öffneten, blieb Mia stehen.

Ein großes Einfamilienhaus, alter Backstein, gepflegter Vorgarten. Spielzeug auf dem Rasen. Zwei Autos in der Einfahrt. Es sah fast… friedlich aus.

Drinnen war es warm. Der Kleine rannte sofort ins Wohnzimmer. Mia zog die Schuhe aus, schaute sich um. Alles war ordentlich, aber nicht übertrieben – ein echtes Zuhause.

*„Angelina!"*, rief Noah. *„Wir sind da!"*

Ein Mädchen kam die Treppe runter, dunkle Augen, hohe Wangenknochen. Sie musterte Mia kühl, sagte nichts.

*„Das ist Mia"*, sagte Noah. *„Meine... Begleitung."*

Angelina nickte knapp, ging an ihnen vorbei und verschwand in ihrem Zimmer.

*„Lass sie einfach"*, murmelte Noah. *„Sie ist in dem Alter."*

Sie setzten sich ins Wohnzimmer. Der Fernseher lief leise, der kleine Bruder malte am Couchtisch. Noah lehnte sich zurück, legte den Arm hinter Mia auf die Sofalehne.

Es war ruhig.

Mia sah zu ihm, spürte sein Knie an ihrem. Nähe. Nicht aufdringlich. Einfach da.

*„Ich mag's hier"*, sagte sie nach einer Weile.

Noah drehte den Kopf zu ihr. *„Ich auch. Wenn's gerade so ist wie jetzt."*

Sie verstand sofort, was er meinte.

Später. Donnerstagabend.

Draußen fegte der Wind durch die Gassen, riss die letzten Blätter von den Bäumen. Im Wohnzimmer lief irgendwo leise der Fernseher. Omas Stimme klang gedämpft durch die Küchentür.

Mia lag auf dem Schlafsofa. Licht aus. Kopfhörer drin. Handy in der Hand.

*„What's Luv"* von Fat Joe feat. Ashanti. Der Song, den Noah ihr vorhin geschickt hatte. Er hatte nur dazugeschrieben: *„Du. Einfach du."*

Sie hörte ihn schon zum dritten Mal. Dieser Beat, diese Stimme. Süß, weich, ein bisschen sexy – aber ehrlich.

Wie Noah selbst.

Mia starrte an die Decke – und plötzlich war es da, dieses Gefühl.

Sie war verliebt. Nicht verknallt. Nicht *„mal sehen"*. Sondern echt. Mit Herz, Haut und allem, was dazugehört.

Noah war da. Einfach da. Und irgendwie machte er alles leichter.

Dabei war sie doch hierher gezogen, um ihren Abschluss zu retten. Weil zu Hause nichts mehr ging. Weil sie Abstand brauchte. Weil sie dachte, sie verliert sich sonst.

Aber jetzt – war genau hier plötzlich alles, was sie brauchte.

Er.

Er war der Grund, warum sich die Entfernung zu ihrer alten Welt nicht mehr wie Verlust anfühlte. Warum sie gern hier war. Warum sie manchmal vergaß, dass es nur für ein Jahr war.

Doch der Gedanke kam: Wenn das Schuljahr endet, geht sie zurück. Zurück in die alte Wohnung. Zurück zu den Eltern. Zurück zu vierzig Kilometern zwischen ihr und Noah.

Und sie wusste: Sie wollte das nicht.

Nicht, wenn er hier war. Nicht, wenn sich alles gerade anfing, richtig anzufühlen.

Sie nahm das Handy. Öffnete Noahs Nachricht. Und tippte:

Mia:

*„Der Song fühlt sich an wie wir. Nur dass ich weiß, was Luv ist."*

# KAPITEL 13

Sie saßen noch auf dem Sofa, Noahs Arm locker um Mias Schultern gelegt, als plötzlich die Haustür aufging.

Ein Schlüssel drehte sich. Schritte.

Dann eine Stimme.

Noah richtete sich auf.

*„Meine Mom.“*

Mia spürte sofort, wie sich etwas in ihrer Brust zusammenzog.

Nicht Panik. Aber... Anspannung.

Es war zu früh, zu plötzlich – und trotzdem gab es keinen Weg zurück.

In der Tür stand eine Frau – schwarz gefärbtes, leicht lockiges Haar bis zu den Schultern, große, runde, braune Augen, die müde wirkten und ein Blick, der zwischen Überraschung und Neugier pendelte.

Katja.

Sie war jung.

Zu jung für eine Mutter mit einem siebzehnjährigen Sohn.

Und vielleicht war es genau das, was sie so greifbar machte.

*„Oh, hallo?"* sagte sie, die Augen auf Mia gerichtet.

Noah stand auf.

*„Mama, das ist Mia."*

Katja musterte sie kurz, dann lächelte sie.

Nicht gekünstelt, nicht skeptisch – einfach offen.

*„Hi. Ich bin Katja."*

Mia erhob sich ebenfalls, reichte ihr höflich die Hand.

*„Hallo. Schön, Sie kennenzulernen."*

*„Du darfst ruhig du sagen. Ich glaub, ich fühl mich älter, als ich bin."*

Ein kurzer Moment des Lächelns.

Dann zog Katja die Jacke aus, ließ den Blick durch den Raum wandern.

*„Ich mach uns was zu essen. Ihr seid noch da, ja?"*

*„Ich bring Mia danach zur Bushaltestelle"*, sagte Noah.

*„Alles klar. Schön, dass du da bist, Mia."*

Und dann war sie auch schon im Flur verschwunden.

Mia atmete langsam durch.

Der Knoten in ihrer Brust löste sich ein kleines Stück.

*„War doch easy, oder?"*

Noah grinste.

*„Ich hab's überlebt"*, antwortete Mia leise – und innerlich ein bisschen stolz.

Als sie sich verabschiedet hatten, griff Noah wieder nach seiner Jacke.

Draußen war es inzwischen dunkel. Die Luft kühl. Sie liefen nebeneinander her, Richtung Haltestelle, ohne Eile. Nach einer Weile fragte Mia vorsichtig:

*„Warum seid ihr damals eigentlich nach Paraguay gegangen? Für ein Jahr, oder?"*

Noah nickte.

*„Meine Eltern wollten... was anderes. Ein besseres Leben. Mehr Sonne, weniger Stress.*

Sie sind beide Spätaussiedler. Wollten irgendwie weg. Raus."

Mia nickte langsam.

*„Ich weiß. Das mit den Spätaussiedlern hattest du mal erzählt. In der Realschule, glaub ich.*

Und Grundschule sowieso."

Sie grinste leicht.

*„Ich auch, weißt du ja."*

*„Klar. Mini-Connection von Anfang an."*

Sie liefen ein paar Schritte weiter, dann fragte Mia:

*„Wie alt ist deine Mom eigentlich?"*

Noah zuckte mit den Schultern.

*„Keine Ahnung genau. Ich glaub, sie war siebzehn, als sie mich bekommen hat."*

Mia blieb fast stehen.

*„Warte – dann ist sie jetzt... vierunddreißig?"*

*„Klingt verrückt, oder?"*

Er grinste schief.

*„Ich mein, ich bin siebzehn. Und ja, sie war so alt wie du jetzt."*

Mia schwieg.

Nicht, weil es unangenehm war – sondern, weil es so viel auf einmal war.

Eine neue Perspektive. Ein Stück mehr von ihm.

*„Sie sieht nicht aus wie vierunddreißig"*, murmelte sie.

*„Und ich wär mit siebzehn niemals bereit gewesen, ein Kind zu bekommen."*

*„Sie wahrscheinlich auch nicht."*

Dann nach kurzem Zögern:

*„Aber sie hat's irgendwie geschafft. Auf ihre Weise."*

Mia nickte.

Es war still geworden zwischen ihnen – aber eine gute Stille.

Als sie die Haltestelle erreichten, sah Noah sie an.

Nicht mit einem „*Ich sag jetzt was Großes*"-Blick.

Sondern mit diesem ruhigen, echten Blick, der einfach nur sagen wollte:

Ich bin da.

Er zog sie in den Arm, küsste sie flüchtig an die Stirn.

„*Schreib mir, wenn du da bist.*"

„*Mach ich*", flüsterte sie.

Dann fuhr der Bus ein.

Noah blieb stehen, als sie einstieg, beide Hände in den Jackentaschen,

dieses leichte Lächeln im Gesicht.

Und Mia?

Sie setzte sich ans Fenster, sah ihm nach.

Und spürte in sich dieses leise, starke Gefühl:

Es war nicht mehr nur eine Geschichte.

Es war der Anfang von etwas

# KAPITEL 14

Es war einer dieser Tage, an denen der Nebel nicht verschwand.

Die Straßen glänzten vom Regen, der sich über den Tag gehalten hatte, und Mia fröstelte, obwohl sie längst daran gewöhnt war.

Sie traf sich wieder mit Noah.

Wie immer draußen – oder bei ihm.

Denn bei ihren Großeltern ging das nicht.

Und irgendwie hatte das ihren Rhythmus bestimmt.

Aber heute war anders.

Als sie gemeinsam sein Haus betraten, zog Noah wie selbstverständlich die Schuhe aus, ging voraus –

doch diesmal nicht ins Wohnzimmer.

Er ging die Treppe hoch.

Mia blieb kurz stehen.

Nur einen Herzschlag lang.

Dann folgte sie ihm.

Oben öffnete er eine Tür und trat ein.

Sein Zimmer.

Sein privater Raum.

Bisher war sie nie hier gewesen.

Und genau das machte etwas mit ihr.

Etwas Aufregendes.

Etwas Echtes.

Das Zimmer war groß, aber schlicht.

Ein schmaleres Bett, ein Stuhl mit einem Stapel Kleidung, keine Deko, keine Show.

Es war nicht ordentlich – aber es war sauber.

Es roch nach Waschmittel und etwas, das sie nicht ganz benennen konnte.

Vielleicht er.

Noah warf sich aufs Bett, drehte sich zu ihr und grinste.

*„Komm her."*

Er machte Musik an – langsamer R&B, vibrierend, wie ein Puls, der in der Luft lag.

Sie spürte es sofort:

Heute war etwas anders.

Mia legte sich zu ihm.

Sein Arm schloss sich um sie, ruhig, sicher.

Er streichelte mit einem Finger über ihr Gesicht, fuhr über ihre Lippe –

ein Blick, der tief ging, ohne ein Wort zu brauchen.

Dann küsste er sie.

Zuerst weich.

Dann verlangender.

Seine Zunge fand ihre – und sie ließ ihn.

Er roch nach Haut, nach Wärme, nach sich selbst.

Sein Körper spannte sich unter der Berührung, seine Hand glitt über ihre Seite, ihren Bauch, tastete sich langsam tiefer.

Mia zitterte leicht, aber nicht vor Angst.

Sondern vor diesem süßen Gefühl von Nähe, das ihren ganzen Körper durchflutete.

Als seine Finger unter den Bund ihrer Hose glitten, stockte ihr kurz der Atem.

Dann nur ein Nicken.

Sie wollte das.

Ihn.

Jetzt.

Seine Hand fuhr weiter, unter den Stoff.

Seine Finger fanden sie – weich, warm, feucht.

Noahs Atem wurde härter.

Seine Lippen wanderten über ihren Hals, während seine Finger sie rhythmisch streichelten.

Sie schloss die Augen, öffnete sich ihm.

Zog ihn näher.

Er richtete sich leicht auf, streifte sich das Shirt vom Körper, zog auch sie Stück für Stück aus –

nicht hastig, aber bestimmt.

Als er das Kondom aus der Schublade nahm, flüsterte er:

*„Ich oder du?"*

*„Du"*, sagte sie leise.

Dann kam er über sie.

Sein Körper schwer, aber vertraut.

Die Musik legte sich wie ein zweiter Herzschlag unter ihre Haut.

Und als er in sie glitt, langsam, tief,

fühlte sich alles an,

als wäre es genau für diesen Moment gemacht.

Er bewegte sich in ihr.

Zuerst sanft.

Dann drängender.

Ihre Finger klammerten sich an seinen Rücken, ihre Lippen fanden sich immer wieder – zwischen Lust und Gefühl, zwischen wild und zärtlich.

Es war roh.

Ehrlich.

Nicht perfekt.

Aber genau so echt, wie es sich anfühlen sollte.

Er flüsterte ihren Namen einmal, fast tonlos.

Und sie wusste:

Das war mehr als nur ein erstes Mal.

Das war ein Anfang.

Zum ersten Mal sah sie ihm beim Schlafen zu.

Noah lag ruhig da, eingerollt unter der Decke, eine Hand halb unter seinem Kopf. Sein Gesicht war weich, fast kindlich. Die Stirn entspannt, der Atem gleichmäßig.

Er sah aus, als würde ihn nichts auf der Welt erreichen können – keine Verantwortung, kein Streit, kein Schmerz. So friedlich. So weit weg.

Mia hingegen war hellwach. Die Gedanken ließen sie nicht los. Sie fraßen an ihr, warfen Bilder in ihren Kopf, Erinnerungen, Ängste, Szenarien, die nie passiert waren – aber sich anfühlten, als hätten sie Spuren hinterlassen.

Sie betrachtete, wie sich die Decke auf seiner Brust hob und senkte. Wie sein Atem Wärme in den Raum brachte – eine Wärme, die sich langsam in ihr ausbreitete.

Und in diesem Moment wusste sie, dass sie ihn liebte. Nicht wegen dem, was er tat. Sondern weil er da war. Weil er jede Lücke in ihr füllte, ohne es zu versuchen.

Ihr Blick glitt zu seinen Lippen. Und sie küsste ihn.

Noah öffnete nicht die Augen, aber er erwiderte den Kuss. Zog sie wortlos zu sich unter die Decke. Nahm sie in den Arm. So fest, so selbstverständlich, als hätte er schon gewusst, dass sie wach war.

Und mit ihm um sie – mit seiner Ruhe, seiner Wärme, seinem Dasein – schlief auch sie ein.

# KAPITEL 15

Mia lag wieder in ihrem Bett bei den Großeltern.

Das Licht fiel durch die halb geöffneten Vorhänge, der Geruch von Kaffee zog aus der Küche zu ihr herüber – warm, vertraut, beruhigend. Alles in ihr war noch weich vom Gestern, aber ihr Kopf war schon beim Heute.

Sie hatte es Anna erzählt. Direkt am Abend. Nur eine Sprachnachricht. *„Es ist passiert"*, hatte sie gesagt. *„Mit Noah."*

Anna hatte keine Szene gemacht. Aber sie war ehrlich geblieben. *„Bist du sicher, dass das nicht zu früh war?"* *„Was, wenn er jetzt das Interesse verliert?"*

Mia war aufgestanden, hatte sich vorsichtig zur Fensterbank gesetzt, die Knie angezogen. Ihre Stirn lehnte am kühlen Glas.

Und plötzlich war sie da gewesen – diese kleine, leise Stimme, die sich immer dann meldete, wenn etwas zu schön war, um wahr zu bleiben.

Was, wenn das alles war? Ein Moment. Eine Nacht. Ein Ende?

Sie wollte das nicht glauben. Aber sie konnte es auch nicht ganz ausschließen.

Sie hatte sich geöffnet. Wirklich. Und jetzt fühlte sich ihr Mut an wie feuchtes Papier – empfindlich, angreifbar.

Da vibrierte das Handy.

Noah.

Ich fand gestern richtig schön. Nicht nur das... einfach alles. Du. Wie du bist.

Sie starrte auf die Nachricht.

Einmal. Dann noch einmal.

Keine große Geste. Kein übertriebenes *„Ich liebe dich"*. Nur ein Satz, der traf – direkt ins Herz.

Sie lächelte. Nur ganz leicht. Aber es war da.

Sie lehnte sich zurück, schob die Hände unter die Decke, sog den vertrauten Geruch des Waschmittels ein. Ihre Großmutter benutzte immer das gleiche. So ein blumiger Hauch, der nie ganz modern war, aber irgendwie nach *„da sein"* roch.

Langsam löste sich der Knoten in ihrer Brust.

Nicht ganz. Aber ein bisschen.

Weil es nicht nur Sex gewesen war.

Nicht nur Haut.

Es war Nähe gewesen. Vertrauen. Etwas, das sich noch nicht benennen ließ – aber das blieb.

Mia griff zum Handy. Öffnete das Display noch einmal. Der Bildschirm leuchtete schwach in der Morgendämmerung.

Du. Wie du bist.

Nicht blind. Nicht naiv. Aber ehrlich.

Und sie wusste: Vielleicht war es nicht perfekt. Aber es war echt.

An einem dieser frühen Juniabende saßen Mia und Anna auf der Wiese hinter Annas Haus. Die Luft war warm, das Gras leicht feucht, irgendwo in der Ferne klirrte Geschirr.

*„Weißt du, was ich beneide?"*, fragte Anna plötzlich. Mia zündete sich eine Zigarette an und schüttelte den Kopf.

*„Dass du so viel fühlst. So intensiv. Ich krieg das nicht hin. Ich schütze mich zu sehr."*

Mia ließ den Rauch langsam entweichen. *„Ich fühl zu viel. Und das ist mein Problem."*

Anna lachte leise. *„Und trotzdem stehst du jeden Tag auf."*

Sie stieß Mia sanft mit der Schulter an. *„Also ... vielleicht bist du doch stärker, als du denkst."*

Mia schwieg. Aber irgendwas in ihr wurde ruhig. Vielleicht war das Freundschaft. Nicht jemand, der dich retten will – sondern jemand, der bleibt.

# KAPITEL 16

Der Sommer kam langsam, aber entschieden. Er klebte an Mias Haut, wenn sie morgens zur Bushaltestelle ging. Er roch nach warmem Asphalt und zu süßem Duschgel, nach Abschied und Neuanfang – ohne dass sie es gleich merkte. Zwischen Schulstress, Bewerbungen und letzten Hausaufgaben veränderte sich mehr, als sie wahrhaben wollte.

Noah machte seinen Abschluss. Nicht mit Bestnoten, aber solide. Er hatte früh eine Zusage für eine Ausbildungsstelle bekommen – im September sollte es losgehen. Etwas Technisches, genau sein Ding. Er hatte sich nur sechs Mal beworben. Sechs gezielte Schreiben, kein Zufall. *„Ist okay. Gibt Geld. Und ich hab meine Ruhe"*, hatte er gesagt und dabei wie immer die Schultern ein wenig zu fest gehoben. Mia hatte genickt, aber nicht geantwortet. Manchmal hatte sie das Gefühl, Noah würde lieber verschwinden als auffallen.

Sie selbst schaffte ihren Abschluss nicht. Nicht, weil sie versagt hätte. Sondern weil der Schulwechsel sie Stoff und Orientierung gekostet hatte. Es fühlte sich nicht wie Scheitern an. Eher wie … Umleitung. Sie meldete sich an der Wirtschaftsschule an. Zwei Jahre, kaufmännischer Abschluss. Ein neuer Plan. Einer, der sich echt anfühlte.

Ende Mai zog sie zurück zu ihren Eltern. Die Wohnung roch nach einem angenehmen, frisch riechenden Putzmittel – ihre Mutter hatte kurz zuvor das Haus geputzt – und nach Kerzen, die noch schwach nach Vanille und Wachs dufteten. Ihr kleiner Bruder war gewachsen, lauter geworden. Er war sichtlich erfreut, dass seine große Schwester wieder da war – ihm war langweilig ohne sie, und ihre Eltern hatten sich zuletzt zu sehr auf ihn konzentriert, weil er das jüngste und in dem Moment einzige Kind zu Hause war. Ihr Vater redete wenig. Die Mutter viel zu viel. Aber Mia war nicht mehr dieselbe. Und das Zuhause war auch nicht mehr das Gleiche.

Sie und Noah sahen sich nur noch an den Wochenenden. Aber sie blieben. Dran. Aneinander. Echt.

Eines Samstags saßen sie in Mias Küche. Ihre Mutter stellte einen Teller mit Streuselkuchen auf den Tisch, lächelte Noah an. *„Noch ein Stück? Du bist so dünn geworden."* *„Nein, danke. Ich hab grad erst gegessen"*, sagte Noah höflich, aber sein Blick wanderte kurz zu Mia. Sie grinste. Ihr Vater brummte ein undeutliches *„Hm"*. Dann: *„Und, was machst du jetzt genau in der Ausbildung?"* *„Industriemechaniker"*, sagte Noah. *„Viel Handarbeit. Maschinen, Werkstücke, so was."* Der Vater nickte. *„Saubere Arbeit. Kein Unsinn."* Danach war es still. Aber nicht unangenehm.

Später, im Garten, als die Sonne tief stand und Noah mit einem Ast auf dem Boden zeichnete, fragte sie ihn leise: *„Magst du meine Eltern?"* Er zuckte mit den Schultern. *„Sie sind okay."* *„Und ich?"*, hakte sie nach. *„Bist du froh, dass ich wieder da bin?"* Noah sah sie an. Ohne zu zögern. *„Ich bin froh, wenn du da bist. Egal wo."*

Mia machte schließlich doch noch einen sehr guten Abschluss. Sie schrieb die Noten in ihr Heft, wie früher – aber diesmal mit einem Gefühl von: Ich kann das. Nicht, weil es jemand sehen sollte. Sondern für sich. Das Fachabitur folgte. Noah startete in seine Ausbildung. Nicht spektakulär – aber stabil. Er trug Verantwortung. Für sich. Für andere. Und für sie – auf seine eigene, leise Art.

Und dann kam dieser Abend. Einer von denen, die man erst später erkennt. Die sich zuerst ganz normal anfühlen. Wie jeder andere. Aber die etwas verschieben, das man nie wieder ganz zurückholen kann.

# KAPITEL 17

Es war ein später Nachmittag im Schwimmbad.

Nicht überfüllt, nicht laut – eher ein ruhiger Tag unter der Woche.

Das Licht brach sich golden auf der Wasseroberfläche, und alles war in diesen flirrenden Momenten zwischen Sonne und Chlor getaucht.

Mia saß am Beckenrand, die Beine im Wasser, während Noah sich neben sie setzte.

Er war nass, sein Haar klebte ihm leicht an die Stirn, und er wirkte jünger so – fast wie ein Junge, der einfach mal kurz loslassen durfte.

Eine Weile schwiegen sie.

Nur das Plätschern von Wasser. Stimmen in der Ferne.

Dann sagte Mia:

*„Ich find's krass, wie unterschiedlich Familien funktionieren. Oder eben nicht."*

Noah sah sie von der Seite an.

Nicht überrascht.

Eher so, als hätte er geahnt, dass das Gespräch jetzt kommt.

*„Meine Mutter war immer die Starke"*, begann sie.

*„Drei Kinder. Arbeiten. Alles zusammenhalten.*

Und er…"

Sie schluckte.

*„Er hat gesoffen. Geschrien. Und irgendwann auch zugeschlagen. Nicht oft, aber genug, dass ich's nicht vergesse."*

Noah schwieg.

Nicht weil es ihm egal war.

Sondern weil er zuhörte.

*„Als ich dreizehn war, hat sie ihm ein Ultimatum gestellt"*, fuhr Mia fort.

*„Entzug oder sie nimmt uns und geht.*

Er hat sich dann für den Entzug entschieden. Seitdem ist er trocken. Aber… die Angst bleibt trotzdem.

Sie geht nie ganz weg."

Noah stützte die Arme hinter sich ab, sah auf das Wasser.

*„Bei uns ist es anders.*

Mein Vater hat sich nie geprügelt.

Aber er ist trotzdem nicht da.

Also körperlich schon. Aber nicht… wirklich."

Er atmete tief durch.

*„Er hat aufgehört zu arbeiten, irgendwann einfach nur noch... existiert.*

Trinkt. Schläft. Trinkt wieder.

Läuft in Unterhose durch die Wohnung, liegt auf dem Sofa wie eine kaputte Figur.

Redet kaum. Und wenn, dann wirr.

Er ist da – aber wie tot."

Mia nickte.

Es tat weh, das zu hören.

Weil sie wusste, wie es ist, wenn man sich als Kind fragt, ob das, was man gerade erlebt, noch normal ist.

*„Und trotzdem...",* sagte sie leise, *„...tut ihr alle so, als wär's okay."*

Noah sah sie an.

*„Weil's einfacher ist.*

Weil wir alle müde sind."

*„Aber du bist nicht verantwortlich für ihn."*

Er sah weg.

*„Doch. Irgendwie schon.*

Ich bin der Älteste. Ich hab's halt gemacht. Immer.

Essen holen. Kinder abholen. Sachen regeln.

Wenn ich absage oder nicht kann, bricht alles zusammen."

Sie schwieg einen Moment.

Dann sagte sie:

*„Und unsere Beziehung leidet darunter."*

*„Ich weiß."*

*„Und ich versteh nicht, wie ihr ihm das immer wieder verzeihen könnt."*

Noah sah sie wieder an.

*„Ich weiß es auch nicht.*

Vielleicht, weil wir keine Kraft mehr haben, ihn zu hassen."

Sie sah auf ihre Hände.

*„Manchmal fühl ich mich... wie zweitrangig."*

Er sagte nichts.

Aber sein Blick wurde weicher.

Und irgendwann flüsterte er nur:

*„Es tut mir leid."*

Sie nickte.

Und das Wasser vor ihren Füßen schwieg mit.

# KAPITEL 18

Mia wusste, dass sie manchmal zu viel wollte.

Zu viel Nähe. Zu viel Zeit. Zu viel *„wir"*.

Aber wenn man gelernt hat, dass alles Schöne vergänglich ist,

hält man umso fester daran fest.

Manchmal, wenn man das Gefühl hat, alles zu verlieren, hält man nur noch fester daran fest.

Eines Tages saß sie wieder allein in ihrem Zimmer. Die Gedanken ließen sie nicht los. Sie fraßen sich durch sie hindurch. Gedanken an das kleine Mädchen, das stets lächelte, weil es nicht verstand, dass es nicht normal ist, so aufzuwachsen. An die Teenie-Version, die zu laut lachte, damit niemand hörte, wie sie innerlich schrie. An die Frau, die sie jetzt war – zerrissen zwischen Rückfall und Hoffnung. Alles war wirr. Alles zu viel.

Das Atmen fiel schwer. Alles in ihr wurde eng. Da nahm sie ihr Handy, öffnete die Notizen-App und schrieb:

An das Mädchen mit den zerrissenen Leggings und den zu lauten Gedanken… Du glaubst, du bist zu viel. Und gleichzeitig nicht genug. Du glaubst, wenn du leise bist, wird dich jemand retten. Du glaubst, dass du Menschen nur halten kannst, wenn du dich selbst verlierst.

Ich weiß das, weil ich du bin. Aber ich habe jemanden getroffen, der mich ansieht, als wäre ich mehr als nur eine Geschichte aus Scherben. Und vielleicht... reicht das für einen Anfang.

Noah war das Erste Schöne in ihrem Leben.

Er brachte Licht in eine Vergangenheit voller Schatten.

Er war ihr Zuhause geworden.

Und genau deshalb bekam sie Angst, wenn sie stritten.

Nicht wegen der Sache –

sondern wegen der Vorstellung, dass er gehen könnte.

Er war anders als sie.

Versuchte immer, es allen recht zu machen:

Seiner Familie. Seinen Freunden. Ihr.

Und irgendwie ging er dabei selbst immer ein Stück verloren.

Mit der Zeit hatte er Mia in seinen Freundeskreis integriert.

Anfangs war ihr das fremd – so viele Stimmen, so viele Persönlichkeiten.

Aber irgendwann wurden seine Freunde zu ihren.

Und das machte es leichter.

Was nie leicht wurde: seine Familie.

Noah wurde ständig gebraucht.

*„Holz machen."*

*„Im Laden einspringen."*

*„Rasenmähen."*

*„Schneeschippen."*

*„Vertretung auf dem Markt."*

Seine Eltern hatten einen kleinen Laden, waren selbstständig –

und Noah war nicht nur Sohn, sondern Arbeitskraft.

Ein Allrounder im Dauereinsatz.

Mia verstand das nicht.

Es machte sie wütend.

Weil sie sah, wie viel er gab –

und wie wenig es anerkannt wurde.

Noah aber sah das anders.

*„Es sind meine Eltern. Sie haben viel für mich gemacht. Ich mach das gern."*

Noah eben.

Der, der nicht sieht, wie sehr er kämpft, weil er immer nur sieht,

was die anderen für ihn getan haben.

•

In den Sommerferien wohnte Mia wie jedes Jahr bei Noah.

Es war Routine geworden, Vertrautheit.

Aber dieser Sommer war anders.

Noahs Vater hatte mal wieder eine Phase.

Mal trocken. Mal nicht.

Dieses Jahr: nicht.

Und dann war da noch seine Großmutter.

Seine Oma väterlicherseits.

Auch alkoholabhängig.

Auch laut.

Auch unangenehm.

Sie tranken zusammen – die ganze Nacht.

Redeten.

Lachten.

Stichelten.

Und irgendwann begannen die Spitzen gegen Mia.

*„Wie, sie wohnt hier und räumt nichts auf?"*

*„Wie, sie darf mit Noah im gleichen Bett schlafen – sind sie verheiratet?"*

*„Dein Sohn tanzt dir auf der Nase rum."*

Es war gegen sieben Uhr morgens, als es passierte.

Sie lagen noch im Bett, als jemand heftig an die Tür klopfte.

Bum, bum, bum.

*„Noah!"*

Er richtete sich auf.

*„Was ist denn los. Mia schläft noch!"*

*„Mir scheißegal!"*, brüllte sein Vater.

*„Du hast mir nix zu sagen in meinem Haus!"*

Mia war sofort wach.

Die Stimme.

Der Ton.

Die Kälte.

Es war wie ein Schalter, der in ihr umgelegt wurde.

Sie kannte das.

Zu gut.

Noah sprang auf, öffnete die Tür einen Spalt.

„*Was ist dein Problem? Du musst nicht rumschreien. Sie schläft.*"

„*Halts Maul!*", schrie sein Vater –

und dann ging alles ganz schnell.

Ein Schlag.

Auf Noahs Auge.

Harte Faust.

Wut.

Entladung.

Mia konnte sich nicht rühren.

Schock.

Alles in ihr zog sich zusammen.

Noah drückte seinen Vater raus in den Flur, schloss die Tür.

Von draußen Schreie, Gefluche.

Die Großmutter, die Mutter, die Schwester.

Durcheinander.

Dann riss die Zimmertür auf –

sein kleiner Bruder rannte in Noahs Zimmer,

suchte Schutz, kroch zu Mia ins Bett.

Sie zog ihn unter die Decke.

Atmete schwer.

Und spürte zum ersten Mal in ihrem Leben

einen richtigen, klaren, reinen Hass.

Wie konnte jemand Noah so behandeln?

Wie konnte man so viel Gutmütigkeit so schamlos zertreten?

Noah kam zurück.

Das Auge gerötet.

Der Blick leer.

*„Zieh dich an"*, sagte er leise.

Sie nickte.

Keine Fragen. Keine Worte.

Sie verließen das Haus. Sie sieht zerbrochenes Glas von einem Bilderrahmen und Flecken von Blut auf dem Boden.

Liefen zum nächsten Zigarettenautomaten.

Kauften Zigaretten.

Standen schweigend da,

die kalte Luft auf der Haut,

die Nacht noch nicht ganz vergangen.

Und dann passierte es.

Noah drehte sich zu ihr.

Einmal.

Und brach.

Tränen liefen ihm über die Wangen.

Er schloss sie in die Arme.

Fest.

Wortlos.

Dann flüsterte er: *„Du bist grad das Einzige Schöne in meinem Leben."*

Mia schloss die Augen.

Und hielt ihn einfach nur fest.

# KAPITEL 19

Wie muss es nur Mia gehen – mit all dem Scheiß, der bei mir zu Hause läuft?

Seit dem Vorfall mit meinem Vater kriege ich diesen einen Blick von ihr nicht mehr aus dem Kopf. Diese Mischung aus Entsetzen und Mitleid. Nicht mitleidig – sondern echt. So, wie nur jemand schaut, der selbst solche Dinge kennt. Der nicht urteilt. Sondern versteht.

Aber das macht es noch schlimmer.

Das mit meinem Vater… Es muss Wunden aufgerissen haben. Alte Narben, die sie vielleicht gerade erst wieder vergessen hatte. Und jetzt sitze ich hier und frage mich: Wie konnte ich sie da nur mit hineinziehen?

Wegen seiner Scheiß-Depressionen, die er nie behandeln ließ, müssen wir alle leiden. Meine Mutter. Meine Geschwister. Ich. Und jetzt auch Mia. Ich schäme mich dafür. Für ihn. Für uns. Für das, was ich nicht ändern kann.

Ich will sie schützen. Aber um sie wirklich zu schützen, müsste ich sie von mir stoßen. Wegstoßen. Raus aus dem Chaos, das mein Leben ist.

Aber das will ich nicht.

Sie tut mir gut. Auch wenn sie manchmal anstrengend ist, laut, widersprüchlich – sie ist das perfekte Gegenstück zu mir. Sie bringt Dinge in mir zum Klingen, die ich längst verloren glaubte. Und wenn ich sie anschaue, habe ich für einen Moment das Gefühl, dass alles gut sein könnte. dass ich nicht kämpfen muss. Nicht funktionieren. Einfach nur sein darf.

Vielleicht wäre alles leichter, wenn ich sie gehen lassen würde. Dann müsste ich mich nicht ständig zusammenreißen. Nicht so beherrschen. Nicht immer der Starke sein.

Aber vielleicht… genau deshalb ist sie gerade in meinem Leben. Damit ich mich nicht verliere. Damit ich mich selbst nicht ganz aufgebe, während ich alle anderen zu retten versuche.

Und manchmal frage ich mich wirklich – in den stillen Momenten, wenn sie mich ansieht, wenn sie meine Hand hält, wenn sie bei mir liegt –

wenn du mich siehst…

wenn du mich anschaust… wenn du mich fühlst…

Wen siehst du da?

# KAPITEL 20

Der Himmel war noch grau, die Luft feucht vom vergangenen Regen. Sie saßen im Auto, die Türen halb offen, der Motor längst aus. Mia hatte nichts gesagt, seit sie losgefahren waren. Noah auch nicht. Das Schweigen zwischen ihnen war kein unangenehmes. Es war schwer. Voll. Und irgendwie notwendig.

Er war einfach eingestiegen, ohne nachzudenken, ohne zu erklären. Und sie hatte einfach losgefahren. Der Parkplatz am Waldrand war vertraut. Früher hatten sie hier Musik gehört, geraucht, gelacht. Jetzt war er Zuflucht.

Noah saß auf dem Beifahrersitz, die Stirn gegen das Fenster gelehnt, die Schultern leicht eingesackt. Seine Hände lagen reglos in seinem Schoß, das Feuerzeug darin wie ein Anker.

*„Ich check nicht, wie du das immer noch aushältst"*, sagte Mia leise. Ihre Stimme klang nicht wie eine Frage. Mehr wie eine Feststellung, ein Hauch Wut darin. Wut, die sie für ihn empfand.

*„Weil ich halt so bin"*, antwortete Noah ruhig, ohne sie anzusehen.

Mia atmete tief ein. Dieses Gutsein, das ihm so weh tat. Es war kein Image, keine Maske. Es war sein Kern – dieses immer Verständnis zeigen, immer sich zurücknehmen, immer da sein, obwohl keiner fragte, wie es ihm ging.

*„Ich bin müde, Mia"*, sagte er irgendwann. *„Nicht müde von meinem Leben. Ich... ich bin müde von meinem guten Herz."*

Sie schwieg.

*„Ich hab jahrelang gedacht, das wäre meine Stärke. dass es gut ist, wenn man für andere da ist. Aber jetzt? Jetzt frag ich mich, wie lange ich das noch tragen kann, ohne mich selbst zu verlieren."*

Mia streckte langsam die Hand aus, legte sie auf seinen Oberschenkel. *„Dann lass es nicht mehr allein tragen. Ich bin hier."*

Er sah sie an. Seine Augen waren gerötet, aber klar. Kein Drama darin. Nur Wahrheit. Roh, ungefiltert.

*„Manchmal frag ich mich, ob das überhaupt geht. Ob es egoistisch ist, dass ich dich liebe – jetzt, wo zu Hause alles auseinanderbricht."*

*„Du bist nicht egoistisch. Du bist endlich dabei, dich selbst wichtig zu nehmen."*

Er lachte leise, fast tonlos. *„Und wenn ich's nicht kann? Wenn ich immer wieder zurückfalle?"*

*„Dann fang ich dich auf"*, sagte sie. *„Dann fang ich dich zehnmal auf. Und beim elften Mal fangen wir uns gegenseitig."*

Er sah sie lange an. Ihre Stirn, ihre Augen, ihr Mund. Dann beugte er sich vor, küsste sie. Kein Drängen, kein Ziehen. Nur ein Fallenlassen. Sanft, still, wie ein Versprechen. Und sie ließ ihn. Ließ sich. Ließ alles zu, was zwischen ihnen hing und in diesem Moment seinen Platz fand.

Sein Atem war warm auf ihrer Haut. Seine Hände fanden ihren Rücken, unter dem Stoff, über die Schulterblätter, als müsste er sich vergewissern, dass sie wirklich da war. Ihre Finger an seinem Hals, seine an ihrem Nacken. Ihre Körper verschmolzen langsam – nicht aus Lust, sondern aus Sehnsucht. Aus Vertrautheit. Aus dem Wunsch, sich gegenseitig zu halten, dort, wo Worte nicht mehr reichten.

Sie zogen sich aus, nicht hastig, sondern vorsichtig, beinahe ehrfürchtig. Haut an Haut, warm, weich, echt. Die Rückbank war zu klein, die Welt zu eng – aber für sie war es genug. Er küsste ihre Schlüsselbeine, sie streichelte über seinen Rücken. Ihre Bewegungen wurden tiefer, gefühlvoller, bis nichts mehr zwischen ihnen stand. Kein Zweifel, keine Angst. Nur Nähe.

In diesem Moment war alles richtig. Alles, was sie waren. Alles, was sie sein wollten.

Und in Noahs Kopf – still, aber klar – formte sich ein Gedanke.

Vielleicht, dachte er, ist sie es.

Die, mit der er raus muss, aus diesem niemals endenden Kreis.

Vielleicht ist sie die, mit der alles neu beginnen darf.

Mia war nicht leicht. Nie gewesen.

Sie war impulsiv, stur, stolz. Trug ihre Narben wie Schatten.

Zu anderen konnte sie hart sein. Kühl, abschneidend.

Aber nicht zu ihm.

Egal, wie schwierig sie war.

Egal, wie sehr auch sie manchmal Ballast war.

Für nichts auf dieser Welt würde er sie je wieder hergeben wollen.

Weil sie die Richtige war.

Weil sie genauso vernarbt war wie er – aber auf eine andere Art.

# KAPITEL 21

Die Zeit verging.

Nicht plötzlich, nicht mit großen Schritten – sondern leise, fließend, wie ein Lied, das man immer wieder hört und dessen Text man irgendwann auswendig kennt. Mia und Noah lebten ihr Leben, in ihrem eigenen Rhythmus, irgendwo zwischen jugendlicher Freiheit und dem langsamen Ankommen im Erwachsenwerden.

Unter der Woche Schule, Arbeit, Lernen. Am Wochenende Freundeskreis. Basketball auf dem Betonplatz hinter der Schule. Musik hören, draußen sitzen, lachen. Abende, an denen man einfach redete, bis einem die Stimme wegblieb. Clubnächte, in denen sie verloren gingen im Licht, im Bass, in ihrer Nähe.

Urlaube – nur die beiden. Kleine Fluchten. Billige Unterkünfte, Sonnenbrand, Fast Food, Nacktbaden. Unvergesslich, weil sie niemandem gehörten außer sich selbst.

Sie wuchsen zusammen.

Nicht dramatisch. Nicht perfekt.

Aber ehrlich.

Mia bewarb sich für Ausbildungsstellen – immer in seiner Nähe, nie irgendwo sonst. Es war keine Frage für sie. Es war logisch. Klar. Ihr Leben sollte dort weitergehen, wo er war.

Dann kam dieser Tag im April.

Sie hatte ein Vorstellungsgespräch – eins, das sich gut angefühlt hatte. Direkt im Anschluss fuhr sie zu ihm. Ihr Herz pochte, als sie in seine Straße einbog. Und da stand er schon – vor dem Haus, als hätte er sie gespürt. Sie stieg aus, rannte die paar Schritte, sprang ihm in die Arme.

*„Ich hab's!"*, rief sie. *„Ich hab die Stelle! Ab September geht's los!"*

Er lachte, hob sie hoch, hielt sie fest. *„Du bist unglaublich."*

Sein Lächeln war stolz. Warm. Ganz bei ihr.

Ein paar Tage später fing sie an, nach Wohnungen zu schauen. Noch nichts Konkretes – nur mal gucken. Optionen checken. Preise vergleichen. Und dann, an einem Abend, als sie bei ihm im Zimmer saßen, kam es.

*„Du kannst doch einfach hier einziehen"*, sagte er. *„Das wär doch das Einfachste. Wir hätten uns jeden Tag, und du müsstest keine Miete zahlen. Meine Eltern hätten da auch nix dagegen."*

Mia hielt kurz inne.

*„Wie – hier? In diesem Haus?"*

Er nickte. *„Ja, klar. Ich mein, ist doch nur vorübergehend. Wir könnten das Geld sparen, und dann..."*

„Nein", unterbrach sie ihn. *„Auf gar keinen Fall."*

Noah runzelte die Stirn. *„Warum nicht? Es wär doch nur—"*

*„Weil ich nicht in dein Elternhaus zieh"*, sagte sie scharf. *„Weil du da raus musst. Nicht ich da rein."*

Sein Gesicht veränderte sich. *„Mia, das ist grad einfach das Vernünftigste. Du weißt, wie's ist mit Miete, Kaution, Einrichtung—"*

*„Du wirst dich nie abkoppeln können, wenn du da bleibst"*, platzte es aus ihr heraus. *„Du willst dein eigenes Leben, aber lebst immer noch als Notfalllösung in dem System, das dich krank macht. Und ich soll da jetzt auch noch rein? Vergiss es."*

Stille.

Noah sah sie an. Nicht wütend. Nicht verletzt. Aber verwundert.

Weil sie nicht diskutierte – sie entschied.

*„Ich such eine Wohnung. Für mich. Allein"*, sagte sie. *„So war's immer mein Plan. Und erst, wenn du raus bist, dann ziehen wir zusammen. Auf Augenhöhe. Nicht so."*

Er nickte langsam, sagte nichts mehr. Und Mia spürte, dass es wehtat. Nicht nur ihm. Auch ihr. Aber sie wusste: Wenn sie jetzt nachgab, würde sie sich irgendwann selbst verlieren. Und das war ein Preis, den sie nicht mehr zahlen wollte.

# KAPITEL 22

Der Vermieter war ein Mann mittleren Alters, freundlich, zurückhaltend, ohne große Worte. Die Wohnung befand sich im Erdgeschoss eines kleinen Hauses, acht Minuten mit dem Auto von Noahs Elternhaus entfernt. Als Mia eintrat, war sie kurz irritiert vom Grundriss: Man kam direkt ins Schlafzimmer – kein Flur, keine Abgrenzung. Links ging es weiter in den Wohnbereich mit einer kleinen Kochnische, hell, mit einem Fenster zur Gartenseite. Dahinter, wieder links, ein schmales Bad mit Dusche. Kein Luxus, aber sauber. Vor allem: günstig. Und direkt vor der Tür lag ein privater Stellplatz.

*„Ist klein"*, murmelte Noah, als sie allein im Wohnzimmer standen.

*„Aber gut für den Anfang"*, antwortete Mia.

Sie verabschiedeten sich vom Vermieter mit der üblichen Floskel – wir melden uns – dann traten sie gemeinsam nach draußen. Es war ein milder Apriltag, die Sonne stand schräg am Himmel, wärmte das Gesicht, aber nicht die Hände.

Noah blieb stehen, noch bevor sie beim Auto ankamen, und zog eine Schachtel aus seiner Jackentasche. Er klopfte eine Zigarette heraus, steckte sie sich zwischen die Lippen, zündete sie an und nahm einen tiefen Zug.

Mia beobachtete ihn schweigend. Sie hatte aufgehört zu rauchen. In Momenten wie diesem fiel es ihr schwer – nicht wegen der Zigarette. Sondern wegen der Ruhe, die in seiner Art zu rauchen lag. Als würde er in diesen drei Minuten endlich atmen dürfen.

Er pustete den Rauch zur Seite, drehte den Kopf leicht zu ihr – türkisblauer Blick, halb Sonne, halb Schatten – und sagte mit einem sarkastischen Grinsen:

*„Findest du nicht, die Wohnung ist ein bisschen zu klein für uns?"*

Mia stockte.

*„Für uns?"*, wiederholte sie, und ihr Herz setzte einen Schlag aus.

Noah sah sie nur an, als wäre das die selbstverständlichste Frage der Welt. *„Na ja. Ich kann dich doch nicht allein wohnen lassen."*

Mia blinzelte. Ihr Herz klopfte schneller. *„Du willst mit mir... zusammenziehen?"*

*„Wir sehen ja, wie's wird"*, sagte er locker, zog an seiner Zigarette und grinste schief. *„Aber ja. Ist doch logisch, oder?"*

Sie sah ihn an – dieses Gesicht, das sie jeden Tag mehr liebte: sein dunkelblondes Haar, leicht zerzaust vom Wind, diese türkisblauen Augen, das linke Grübchen, das nur dann auftauchte, wenn er ehrlich lächelte. Seine sportliche Statur, lässig, aber fest. Und dann dieser eine Moment, in dem alles in ihr auf einmal kribbelte.

Das ist mein Zuhause, dachte sie. Er.

Sie sagte nichts mehr. Nur ein kurzer Blick, ein stilles Nicken – und dann stieg sie zu ihm ins Auto.

Keine halbe Stunde später fielen sie in sein Zimmer, die Tür knallte zu, und Mia zog ihn direkt an sich. Kein Zögern, kein Reden. Ihre Lippen fanden seine in einem Kuss, der alles sagte: Jetzt. Ich will dich. Ganz.

Noah ließ die Zigarette fallen, noch halb in Gedanken an die Wohnung – aber da war sie schon, an seiner Brust, ihre Hände ungeduldig unter seinem Shirt. *„Zieh's aus"*, flüsterte sie zwischen zwei Küssen. Er gehorchte sofort.

Sie küsste sich über seinen Hals, seine Brust, ihre Finger fuhren zielgerichtet über seinen Bauch, bis sie ihn spürte – hart, bereit, nur für sie. Er stöhnte leise auf, als ihre Hand über sein Glied strich, fest, fordernd.

*„Willst du mich so sehr?"*, flüsterte sie an seinem Ohr, verführerisch, heiß.

*„Schon die ganze Fahrt"*, presste er hervor.

Sie schob ihn rückwärts zum Bett, ließ ihn darauf sinken, setzte sich rittlings auf ihn. Ihre Hüften bewegten sich langsam, rhythmisch, während sie sich aus ihrem Top befreite, dann den BH öffnete. Er sah sie an, als hätte er nie etwas Schöneres gesehen – seine Hände sofort an ihren Brüsten, sein Mund hungrig auf ihrer Haut.

*„Ich will, dass du mich jetzt fickst"*, flüsterte sie rau, während sie sich an ihm rieb, nur noch eine dünne Stoffschicht zwischen ihnen. *„Wir feiern das – uns. Und*

*das hier wird kein Liebesspiel. Das wird ein Neuanfang. Ein Feuer."*

*„Dann lass es brennen"*, knurrte er, zog ihr den Slip von der Hüfte, während sie ihm die Shorts herunterzog.

Und dann war da nichts mehr zwischen ihnen. Kein Stoff. Keine Distanz. Nur Haut. Wärme. Verlangen.

Sie führte ihn an sich, hielt den Blickkontakt, während er tief in sie eindrang. Schnell, fest. Ihr Atem stockte, aber sie stöhnte laut auf – nicht vor Schmerz, sondern vor Befreiung. Es fühlte sich richtig an. Es fühlte sich nach Zuhause an.

Er packte ihre Hüften, ließ sie sich auf ihm bewegen. Sie ritt ihn, ließ sich fallen, keuchte, lachte, stöhnte – ritt ihn in die Ekstase, während ihre Finger an seinen Schultern Halt suchten. Alles in ihr spannte sich an. Alles in ihm vibrierte.

Und als sie beide kamen – fast gleichzeitig, laut, heftig, fallend und haltlos – da wusste Mia: Es war nicht nur Sex. Es war ein Versprechen. Eine Entscheidung.

Mit dir. Für immer. Auf jedem verdammten Quadratmeter.

# KAPITEL 23

Zwei Monate noch.

Mia zählte die Wochen, fast die Tage. Der Vertrag war unterschrieben, der Schlüsseltermin stand fest. Die Wohnung – ihre Wohnung – wartete. Klein, schlicht, aber ein Versprechen. Ein Zuhause. Ihr erstes eigenes. Und bald auch Noahs.

Bis dahin hieß es: durchhalten.

Mia hatte ihre Prüfungen hinter sich. Ein seltsames Gefühl – leer und frei zugleich. Der Schulstress war vorbei, dafür arbeitete sie jetzt in einem Industriebetrieb im Nachbarort. Frühschicht, acht Stunden, Metallstaub unter den Fingernägeln. Sie stellte Bohrer her – oder besser: sie schliff, polierte und reinigte sie per Hand. Es war eintönig, körperlich anstrengend – aber es brachte Geld. Und das war alles, was zählte. Für Möbel, Geschirr, Vorhänge. Für ihr gemeinsames Leben.

Ihre Eltern hatten ihr das alte Auto der Mutter geschenkt – ein türkisgrauer Toyota Yaris, mit ein paar Kratzern, aber zuverlässig. Mia war überglücklich. Endlich mobil. Endlich unabhängig. Sie fuhr damit zur Berufsschule, zur Arbeit – und natürlich zu Noah.

So oft sie konnte.

Denn bei ihm daheim wurde es von Tag zu Tag schlimmer.

Sein Vater trank wieder – nicht auffällig aggressiv, aber schwer greifbar, wie betäubt. Es war nicht er, der den Streit suchte. Es war das Haus selbst, das unter Strom stand. Die Mutter, aufgebracht, überfordert, ungeduldig. Die Schwester, fünfzehn, laut, provozierend, permanent im Widerstand gegen alles. Mia hatte das Gefühl, dort lag eine Schicht aus Staub und angestauten Emotionen über allem – nur darauf wartend, dass jemand sie aufwirbelte.

Und irgendwann eskalierte es.

Es war nicht nur Alkohol. Es waren Worte, Anschuldigungen, schrilles Kreischen. Die Mutter schlug manchmal zu – aus Überforderung oder Wut. Die Tochter schrie, beleidigte, feuerte an. Und der Vater? Er ließ sich provozieren. Er hielt nicht immer still. Manchmal schlug er zurück.

Eines Abends saß Mia mit Noah in ihrem Zimmer, sie hatten gerade gegessen, lagen nebeneinander auf dem Bett, als sein Handy vibrierte. Ein Anruf. Dann noch einer. Und noch einer.

Er nahm schließlich ab.

Mias Blick wurde starr, als sie nur Wortfetzen hörte. ...Nein... ich bin nicht da... was soll ich denn machen... ich komm jetzt nicht...

Als er auflegte, sagte er nichts. Er starrte an die Decke. Dann drehte er sich auf die Seite und vergrub das Gesicht in der Kuhle zwischen Mias Hals und Schulter.

*„Sie haben sich geprügelt"*, murmelte er. *„Wirklich. Nicht nur Worte."*

Mia streichelte über seinen Nacken, langsam, gleichmäßig. Ihr Herz war schwer. Nicht aus Mitleid. Sondern aus Hilflosigkeit.

*„Meine Schwester hat wieder die Polizei gerufen"*, sagte er irgendwann leise. *„Dabei hat sie das halbe Chaos selbst angezettelt. Aber wenn's losgeht, dann macht sie den Notruf. Ich... ich hasse das."*

Seine Stimme war voller Scham. Er wollte nie, dass die Polizei kommt. Nicht wegen der Nachbarn, nicht wegen der Anzeige – sondern weil es jedes Mal ein Eingeständnis war, dass es zuhause längst nicht mehr zu retten war.

Mia sagte nichts. Nur ihre Finger redeten weiter mit seiner Haut.

Irgendwann schlief er bei ihr ein. Tief. Traumlos. Und Mia wusste, dass sein Körper gerade mehr Erholung fand als seine Seele.

In den nächsten Tagen war es dasselbe Spiel. Anrufe. Vorwürfe. Komm heim, Noah, dein Vater…, Deine Schwester macht Theater, Wir brauchen dich…

Und er fuhr. Immer wieder.

Weil er nicht anders konnte.

Weil er sie liebte. Alle. Und weil sie es nicht schafften, ihn loszulassen.

Aber etwas war anders geworden.

Denn diesmal gab es ein Danach.

Bald würde das Chaos nicht mehr seine Adresse sein.

Bald würde niemand mehr einfach die Tür aufreißen, ihn rausholen, ihn zurückziehen.

Bald würden es vier eigene Wände sein.

Ein Ort, der nur ihnen gehörte.

Und Mia spürte es:

Mit jedem Tag, den sie überstanden, wuchs nicht nur die Erschöpfung.

Sondern auch die Hoffnung.

# KAPITEL 24

Der Tag war gekommen.

Der Himmel war bedeckt, aber trocken. Kein Regen, kein Wind – einfach ein stiller, grauer Samstagmorgen, an dem die Welt den Atem anzuhalten schien. Perfekt für einen Neuanfang.

Mia stand früh auf, packte die letzten Sachen zusammen, lief gedanklich nochmal jeden Raum im Elternhaus ab. Ihre Mutter war ungewohnt still, ihr Vater machte Kaffee, als wüsste er nicht, was er sagen sollte. Vielleicht war es ihnen beiden jetzt erst bewusst geworden, dass ihre Tochter ausziehen würde. Wirklich. Für immer.

Sie nahm fast alles mit. Kleiderschrank, Schreibtisch, Bett, Fernseher. Ihr altes Sofa, den Kühlschrank aus dem Keller, sogar die Waschmaschine. Es war keine Flucht. Es war das Gegenteil davon. Es war das erste Mal, dass sie ging, ohne wegzulaufen.

Noah hatte nur seine Klamotten gepackt. Zwei Sporttaschen und ein Rucksack. Mehr brauchte er nicht – das Zuhause wartete ja auf ihn. Nicht irgendwo, sondern dort, wo Mia war.

Mias jüngerer Bruder, mittlerweile siebzehn, half beim Tragen. Stark, wortkarg, verlässlich. Noah arbeitete Hand in Hand mit ihm, als hätten sie das schon hundertmal gemacht. Und Mia beobachtete sie dabei, wie sie ohne große Worte funktionierten.

Und da waren sie nun.

Er, zweiundzwanzig.

Sie, zwanzig.

Mitten in ihrer ersten gemeinsamen Wohnung.

Keine Umzugskartons, kein Durcheinander. Alles war direkt eingeräumt worden. Jeder Handgriff saß. Die Möbel standen, der Fernseher war angeschlossen, der Kühlschrank lief. Es war klein, aber sie hatten alles, was sie brauchten. Und vor allem: sie hatten sich.

Der Wohnbereich roch nach Holz, frischer Farbe und einem Hauch von Aufbruch. Mia stand im Raum, ließ den Blick über die vier Wände schweifen, die jetzt ihr Leben einfassen würden.

Noah kam aus der Küche mit zwei Bierflaschen in der Hand. Er reichte ihr eine, hob seine leicht an. *„Auf uns"*, sagte er schlicht.

Mia stieß an. *„Auf das, was kommt."*

Der erste Schluck war kalt, bitter und genau richtig.

Sie setzten sich auf das Sofa, das schief in der Ecke stand, ließen die Beine locker baumeln. Es war still. Kein Streit aus dem Nebenzimmer, keine schreiende Stimme, kein klingelndes Telefon.

Nur sie.

Mia lehnte sich gegen Noahs Schulter, und er legte einen Arm um sie. *„Jetzt beginnt's"*, murmelte er.

*„Ja"*, sagte sie. *„Jetzt beginnt's."*

Sie war am Anfang ihrer Ausbildung, ganz unten, wieder Schülerin – aber diesmal mit Ziel. Noah war fast am Ende seiner. Sechs Monate noch, dann war er ausgelernt. Der Umzug kam genau richtig. Rechtzeitig vor der Prüfungszeit. Rechtzeitig, bevor die Luft bei ihm zuhause endgültig zu dick wurde.

Und vielleicht war es genau dieser Gedanke, der ihnen jetzt die Ruhe schenkte. Nicht das Glück. Sondern das Fehlen von Angst.

Sie waren angekommen.

Noch nicht im Leben – aber bei sich.

Und das war vielleicht noch wichtiger.

# KAPITEL 25

Man hätte denken können, jetzt, wo Noah ausgezogen war, würde endlich Ruhe einkehren.

Doch genau das Gegenteil war der Fall.

Noah war der ruhige Pol gewesen. Der, der vermittelte, beruhigte, schlichtete. Der, der mehr geschluckt hatte, als gut für ihn war. Und jetzt, wo er fehlte – mit seiner Gelassenheit, seiner Präsenz, seinem stillen Kümmern – begann alles auseinanderzubrechen.

Seine Mutter entschied sich zur Trennung. Endlich. Nach all den Jahren. Es war keine dramatische Szene, kein Streit mit Türenknallen. Es war eine ruhige Entscheidung. *„Ich kann nicht mehr"*, hatte sie gesagt. Und man hätte glauben können, das sei der Anfang von Heilung.

Aber es war nicht das Ende des Chaos. Es war der Beginn eines neuen.

Kaum lebte Noah nicht mehr im Haus, riss ihn jeder Anruf wieder zurück hinein.

*„Kannst du mir beim Umzug helfen?"*

*„Fahr bitte zum Haus, schau nach, ob dein Vater überhaupt noch lebt."*

*„Ich brauch dich bei der Möbelmontage."*

*„Dein Vater will zum Arzt, aber er fährt nicht allein."*

*„Wir müssen mit ihm reden."*

*„Ich schaff das nicht ohne dich."*

Noah war raus – aber er war nicht frei.

Sein Vater blieb im Haus. Trank weiter. Wurde stiller. Versank in sich selbst.

Er duschte tagelang nicht, lebte von Brot und Bier. Lag auf dem Sofa, starrte ins Leere.

Noah fuhr ihn zum Einkaufen. Fuhr ihn zu Arztterminen. Versuchte, ihn zu motivieren, zu sprechen, zu atmen.

Er suchte nach einem Entzugsplatz, telefonierte mit Kliniken, schrieb Anträge.

Als endlich ein Platz gefunden war, brachte er ihn selbst hin. Still. Ohne große Worte.

Am selben Tag stand er bei seiner Mutter, die im Wohnzimmer saß, umgeben von aufgebauten Regalbrettern und einer Tüte Schrauben.

Noah kniete sich wortlos daneben, griff zum Akkuschrauber.

Baute auf. Schob. Justierte.

Schluckte. Wieder mal.

Mia beobachtete ihn manchmal dabei. Wie er sich aufteilte in tausend Teile, ohne zu klagen.

Er war müde – das sah man ihm an. Aber nicht wütend. Nicht einmal bitter.

Er tat, was getan werden musste.

*„Ich kann nicht einfach aufhören"*, sagte er einmal zu Mia, als sie ihn fragte, warum er sich nicht mehr abgrenzte.

*„Er ist mein Vater. Und sie ist meine Mutter. Ich kann sie nicht alleine lassen, nur weil ich jetzt anderswo wohne. Ich kann das einfach nicht."*

Und Mia wusste, dass das stimmte.

Aber sie sah auch, dass es ihn zerfraß.

Er war draußen – aber noch nicht ganz.

Er lebte mit ihr – aber ein Teil von ihm lebte noch da, wo er immer der war, der alles zusammenhalten musste.

Und genau das war der Schmerz.

Der Neuanfang war da.

Aber der Schnitt war es noch nicht.

# KAPITEL 25

Mia saß allein in der Wohnung. Der Couchtisch war halb leergeräumt, eine Tasse stand noch da, lauwarm. Sie hörte keine Musik, kein Fernseher lief. Nur das Ticken der Küchenuhr. Noah war wieder weg. Weg, um zu helfen. Wie immer.

Sie wusste, dass er nicht aus Pflicht ging, sondern aus Liebe. Und genau das machte es schwerer. Wäre er ein Arschloch, wäre es einfacher, wütend zu sein.

Sie atmete flach. Langsam. Ein, aus.

Wie oft noch? Wie oft werde ich noch allein hier sitzen und mich fragen, ob das reicht? Ob ich damit leben kann, dass ich nie die Einzige sein werde, die ihn braucht?

Sie legte sich auf die Couch, zog die Knie an die Brust. Es war nicht das erste Mal, dass sie sich diese Fragen stellte. Aber diesmal fühlten sie sich schärfer an. Wie Glas unter der Haut.

Ich liebe ihn. Ich liebe alles an ihm. Seine ruhige Art. Seine Wärme. Seine Stärke, auch wenn er sie selbst nie spürt. Aber reicht Liebe, wenn man sich dabei selbst verliert?

Vor ein paar Tagen hatte sie mit ihrer Mutter darüber gesprochen. Leise. Am Abend. In der Küche, als alle schon schliefen. Sie hatte ihr gesagt, wie sehr es sie belastete –

dass Noah immer abrufbar war, dass sie manchmal das Gefühl hatte, gar keine eigene Beziehung zu führen, sondern nur Beifahrerin zu sein. Ihre Mutter hatte sie angesehen – müde, aber mitfühlend. *„Ich versteh dich"*, hatte sie gesagt. *„Ehrlich. Aber denk dran: Du wirst ihn heiraten, nicht seine Familie. Mit ihm wirst du irgendwann Kinder haben. Nicht mit ihnen. Und er ist ein guter Mann, Mia. So einen findet man nicht oft."* Dieser Gedanke hatte sie beruhigt. Für einen Moment.

Aber jetzt? Jetzt flackerte wieder etwas in ihr. Ein Zweifel. Eine Stimme, die fragte: Und was, wenn nicht? Was, wenn ich trotzdem nie ganz raus bin? Was, wenn ich irgendwann nicht nur Partnerin bin, sondern Pflegekraft für sein Umfeld? Was, wenn ich ihn liebe, aber gleichzeitig an seiner Welt zerbreche?

Sie dachte an das erste Mal, als sie ihn sah. An den Moment in der Gasse. An den ersten Kuss. An das erste Lachen, das sie nicht spielen musste. An das erste Mal, dass sich jemand für sie interessierte, ohne sie besitzen zu wollen.

Will ich dieses Leben wirklich – oder will ich nur nicht wieder allein sein? Will ich mit all dem leben, was zu ihm gehört – oder träume ich von einer Version, die es nie geben wird?

Sie hätte es ihm sagen können. Hätte ihm erklären können, was sie fühlte. Aber sie wollte ihn nicht noch mehr belasten.

Noah war ein Mensch, der für andere brannte – und sich selbst dabei vergaß. Und sie hatte Angst, das zu sein, was ihn endgültig auslöschte.

Also schwieg sie. Und wartete. Auf ihn. Auf Antworten. Auf ein Zeichen – oder den Mut, selbst eins zu setzen.

Sie stellte sich ans Fenster, sah in die Nacht – und wusste nicht, auf wen oder was sie eigentlich wartete.

# Epilog

Ich habe lange gedacht, dass es zwei Arten von Menschen gibt. Die, die einem wehtun – und die, die einen retten. Aber vielleicht ist es gar nicht so einfach. Vielleicht tragen wir beides in uns. Vielleicht lieben wir manchmal falsch. Vielleicht retten wir manchmal, obwohl wir selbst untergehen. Noah war beides. Mein Anker und mein Sturm. Mein Zuhause und mein Fluch. Und ich? Ich war nicht weniger widersprüchlich.

Aber ich habe mich entschieden, zu bleiben. Nicht, weil es einfach war. Sondern weil ich ihn liebe. Und weil er der Erste war, der mich gesehen hat. Wirklich gesehen. Vielleicht reicht das nicht für immer. Aber für jetzt – ist es alles.